지금산에 사는
벽려씨

김정묘 소설집

지금산에 사는 벽려씨

초판 1쇄 찍은날 2021년 10월 15일
초판 1쇄 펴낸날 2021년 10월 18일

지은이 김정묘

펴낸이 최윤정
펴낸곳 도서출판 나무와숲 | 등록 2001-000095
주 소 서울특별시 송파구 올림픽로 336 910호(방이동, 대우유토피아빌딩)
전 화 02)3474-1114 | 팩스 02)3474-1113 | e-mail : namuwasup@namuwasup.com

ⓒ 김정묘 2021

ISBN 978-89-93632-83-5 03810

* 이 책은 충청북도·충북문화재단 후원 문화예술육성지원사업의 지원을 받아 발간되었습니다.

지금산에
사는
벼려씨

김정묘 소설집

나무와숲

시를 쓸 때는 소설을 쓰는 것 같았고,
소설을 쓸 때는 시를 쓰는 것 같았다.
그렇게 시처럼 소설처럼
'지금산에 사는 벽려씨'의 화자들은
밀리고, 치이고, 부대끼며
스스로 묻고, 스스로 답을 찾기 위해
독백과도 같은 자화상을 그리고 있었다.
벽을 응시하는 얼굴들이다.

세상을 보는 나를 기록했어요.

첫 소설집이 나오기까지
함께 해주신 모든 인연에 마음 깊이 감사드린다.

겨울잠 자는 벌레가 땅에 숨는 상강에
충주 중원에서 김정묘

차 례

2
지금산에
사는
벽려씨

아내가 사는 법

아내가 사는 법 1

"빨랫줄에 걸린 저 옷… 뭐야? 헬스는? 끝낸 거야?"

아내에게 한꺼번에 묻긴 물었지만 나는 지금 상황에 아무 해당도 없는 '여자의 변신은 무죄'라는 말을 떠올리고 있었다.

"도복이야, 선무도라구, 요가랑 비슷해. 무술도 배울 수 있대."

"무술? 도술에 홀린 거 아냐?"

"몸짱이 아니라 내공을 쌓아서 맘짱이 되려는 거지."

나는 나이가 몇인데 몸짱, 맘짱 타령이냐며 장아찌나 담그는 게 어떻겠냐고 하려다 그만두었다.

우울증을 이겨 보자고 운동을 시작한 아내는 벌써 몇 번째 운동 종목을 바꾸며 변덕이 죽 끓듯 했다. 나이 오십을 바라보는 아내는 흡사 시대별 운동 변천사 체험이라도 하는 것 같았다. 수영녀와 에어로빅녀를 거쳐 등산녀를 지났으며, 달리기녀를 거치더니 봄부터 헬스와 함께 하는 요가녀에 입문한 것이 최근까지 내가 알고 있는 아내의 운동

변천사였다. 운동 이름 뒤에 '녀'자를 붙인 건 아내의 발상인데, 그 운동의 '자녀'라는 뜻이라고 했다. 자녀라면 아들 '자子'자를 붙여야지. 녀가 뭐냐고 했지만 아내는 자면 어떻고, 녀면 어떻냐고, 이름 짓는 건 내 맘이라고 둘러댔다.

유산 우울증을 운동으로 털고 일어난 아내에게 운동은 단순한 운동 차원이 아니었다. 아이를 핏덩이로 쏟은 충격 때문인지 아내는 유난히 맨몸으로 하는 운동만 고집했다. 나는 몸에 대한 '집착'이라고 말하지만 아내는 몸에 대한 '자각'이라고 늘 고쳐 주었다. 삶은 결국 몸을 쓰는 일이라는 게 아내의 믿음이었다.

아내가 새로운 운동에 입문할 때마다 빨랫줄에는 보고서처럼 새 운동복이 내걸렸다. 조개껍질 같은 수영복이 걸렸다 사라지면 인형 옷 같은 에어로빅 타이즈가 걸리고, 등산복과 배낭이 깃발처럼 흔들리다가 어느 사이엔가 육사 생도 같은 트레이닝 바지가 열 맞춰 지나가곤 했다. 운동복이 바뀔 때마다 나는 아내 대신 작별을 고했다.

잘 가거라, 헬스녀….

아내는 자신의 땀이 밴 운동복들을 버리지 않았다. 한 번도 쓰지 못한 아기 배냇저고리며 기저귀 천이며 손싸개, 발싸개 따위의 신생아 용품이 들어 있는 서랍 한쪽에 더 이상 입지 않게 된 운동복들을 차곡차곡 개어 넣었다. 무심결에 그 서랍을 열 때면 깜짝깜짝 놀라곤 했다. 제발 치우라고 몇 번이나 말했지만 아내는 곧 치우게 되겠지, 하고는 그만이었다.

어찌 됐든 확실한 것은 우울할 때마다 슬픔이니 공허니 하면서 말로 풀고, 술로 푸는 나와 다르게 아내는 몸을 쓴다는 것이었다. 머리 띠를 두르고 땀복을 입고 운동화 끈을 조여 매고 숨이 콱콱 막히도록 뛰며 어찌해 볼 도리가 없는 몸의 기억을 지워 버리겠다는 결의를 보였다.

말처럼 뛰고, 새처럼 날아다니고 싶은 기분 – 야생 그대로의 느낌이 좋아 –.

아내는 무슨 노래인지 흥얼거리며 도복 바지를 갈아입었다.

"무슨 운동이건 운동을 하면 그 속에 마음을 편안하게 해주는 데 필요한 건 다 있는 것 같아. 몸이 마음먹은 대로 되어 주면 좋으련만…."

말끝을 흐리며 아내는 다리를 벌리고 두 팔을 크게 펼치더니 고꾸라질 듯이 허리를 숙였다. 그러곤 바닥에 엎드려서 숨을 푸–, 내쉬었다. 바람 빠진 풍선처럼 아내의 몸이 쭈글쭈글 구겨지는 것 같았다. 그것도 잠시, 아내는 있는 힘껏 온몸에 힘을 주었다. 두 팔을 동물의 앞발처럼 바닥에 고정한 채 허리를 쑤욱 집어넣자 등이 부챗살처럼 펴졌다. 아내가 숙였던 머리를 마지막으로 드는 순간, 나도 모르게 뒤로 물러섰다. 마치 호랑이가 어흥– 하고 달려드는 것 같았다. 아내가 '호랑이 자세'라고 했던 말 때문만은 아니었다. 눈썹을 치켜세우고 미간을 찡그린 표정으로 정면을 응시하는 아내의 입술에는 힘이 잔뜩 들어가고 눈빛까지도 포효하는 호랑이 모습이었다. 산정 바람을 가르고 서서 자신 속에 아무것도 남지 않을 때까지 움직이려는 맨몸의 사투, 아내가 사는 법이었다.

아내가 사는 법 2

옴—옴—옴—

오늘도 어김없이 잠을 깨운 소리는 옴— 소리였다. 시계는 어제와 같은 4시 20분, 새벽이었다. 나는 끙, 하고 신음을 토해내며 이불을 머리끝까지 뒤집어쓰고 벽 쪽으로 돌아누웠다. 하지만 머릿속에 별이 뜬 것처럼 정신이 말똥말똥했다. 신기한 일이었다. 옆에서 자던 아내가 4시에 일어나는 기척은 전혀 알아차리지 못하고 있다가 어떻게 저 작은 소리에 몸이 깨어날 수 있을까. 그것도 정확히 같은 시간에. 나는 팔꿈치를 베개에 댄 채 눈을 감고 끊어질 듯 이어지는 소리에 나도 모르게 귀를 기울이고 있었다. 산 아래로 퍼져 나가는 메아리처럼 소리는 가벼우면서도 호소하듯이 들려왔다.

"옴, 하고, 배꼽 아래 단전에서부터 소리를 내잖아, 그 소리를 내면서 내장의 살을 빼주는 거야. 그렇게 해야 원천적으로 살이 빠지는 거야."

오장육부의 살을 빼야 진짜 살이 빠진다는 아내의 천진난만한 믿음에 나는 웃음을 터트리면서도 마음 한편 걱정이 태산이었다. '미쳐야 산다'고 꼬드기는 사이비 종교에 빠진 사람도 저런 믿음이겠구나 싶은 것이다.

"내장에 무슨 살이 있어, 이 사람아. 똥덩이라면 몰라도."

아내가 살을 빼기 위해 한다는 '옴' 수련은 마치 한 삽, 한 삽, 흙을 떠서 산을 움직여 보겠다는 '우공의 산'처럼 여겨지기도 하지만, 아내의 엄숙한 신념 앞에서 내가 응수한 말은 고작 똥덩이였다.

"나도 처음에 살덩어리를 생각했는데, 그게 아니라 몇 생에 걸친 감정 덩어리가 오장에 켜켜이 쌓여 있는 거래. 지금 당신이 화를 내는 것도 내장 세포에 기록되어 있다가 어떤 상황이 되면 그게 화로 나오는 거야. 어찌 됐든 나는 믿음이 가. 중요한 건 내 살이 빠지고 있다는 거야."

아내는 인도에 있는 명상 아쉬람까지 다녀오더니 책과 비디오, CD 등 자료들로 가득 차 있던 작은 방을 비우고 빈방으로 만들었다. 그러고는 하루도 빠지지 않고 새벽이면 일어나 그루인지 구루마인지 수염이 덥수룩한 인도인 사진까지 걸어놓고 수련에 열중했다. 보다 못한 내가 사이비 종교 운운하면 아내는 몸보다 머리를 믿는 게 내 업이라며 오히려 나를 나무랐다. 살이 빠지는 현장을 보고도 믿지 못하는 '생각 종교'에 빠진 거라는 이상한 말까지 지어냈다.

'아, 탄탄하고 매끈한 저 육체에 영혼이 없다는 것은 얼마나 서글픈 일인가.'

아내는 냉장고에 붙여놓은 쪽지 글을 읽어 주며, 나도 하루빨리 수련해야 한다고 슬슬 말을 흘리기 시작했다. 나는 못 들은 척했지만 아내 말대로 생각만 하다가 아무것도 못 하는 나에 비해 무슨 일이건 발부터 들이밀고 행동으로 옮기는 아내의 힘에 이번에도 떠밀릴 것 같다는 불길한 예감이 들었다.

"옴 소리를 내면 마음이 편안해지다가 어느 순간 울음보가 터져. 늘어진 뱃살의 비참한 꼴을 보면서도 쉴 새 없이 먹을 걸 입으로 가져가는 내가 보여. 며칠 동안 굶었던 살들이 먹을 거, 먹을 거, 울부짖는 소리가 귀곡산장에서 나는 소리 같다니까. 먹고 토하고 먹고 토하고 내 몸에게 정말 미안해."

아내의 몸무게가 60kg에서 90kg으로 늘어나는 동안 아내는 단식 원을 비롯해 원푸드 다이어트, 황제 다이어트, 한방해독요법은 물론 심리치료까지 안 해본 것이 없었다. 하지만 단식원에서 7일 단식이 끝나고 돌아올 때면 피부는 푸석푸석하고, 머리카락은 빠지고, 주름살은 늘었으며, 얼굴은 병색이 가득했다. 살은 빠졌지만 후유증이 심했다. 마침내 아내는 식이요법, 운동, 다이어트 프로그램으로 꽉 차 있던 일과표를 찢어 버렸다. 그리고 토굴에 들어앉듯 빈방으로 들어가 정신 나간 것처럼 옴 소리를 내고 있었다. 아내는 홀홀단신 마음속 깊은 바다 밑으로 들어가 허우적대고 있는지도 몰랐다. 해저 암흑의 엄청난 압력을 옴- 소리 하나로 견뎌내고 있다는 생각이 들자, 공연히 가슴이 먹먹해 왔다.

나는 옷가지를 주워 입고 슬그머니 집을 나왔다. 잠도 틀렸고, 산책로나 다녀올 생각이었다. 대문을 닫고 돌아서는데 문득 아내가 있는 방의 창문에서 어떤 움직임이 감지되었다. 이삼 초 정도나 되었을까. 지극히 짧은 순간이지만 불빛이 오로라처럼 움직이는 것 같다고 느껴졌다. 잠이 덜 깼나? 웬 오로라? 옴 소리 때문에 별 희한한 생각이 다 난다 싶었다.

산책로는 신비감이 들 정도로 고즈넉했다. 길 양편으로 큰 나무들이 팔을 둘러 안아 주듯 서 있고, 어둠 속에서 작은 나무가 걸어가는 것처럼 몇 사람이 앞서가고 있었다. 체육시설이 있는 산책로 끝에는 두세 사람이 플라스틱 바가지로 물을 마시고, 또 몇몇은 벌써 운동기구에 매달려 힘을 쓰고 있었다. 나는 '공중걷기' 그네가 있는 곳으로 다가갔다. '공중걷기' 그네는 웬일인지 늘 여자들이 차지하고 있어서 평소에 해보고 싶어도 좀처럼 가까이 가지 못했었다. 나는 공중에 떠 있는 발판을 딛고 올라섰다. 왼발, 오른발, 걷는 것처럼 앞뒤로 흔들자 가속이 붙어 가랑이가 찢어질 것처럼 벌어졌다. 겁내지 않고 그렇게 속도를 내면 어느 순간 비행기처럼 땅을 박차고 이륙할 것만 같았다. 나는 힘차게 발을 내저었다. 바짓가랑이가 스치며 획획 바람 소리가 났다.

종소리처럼 웅, 웅, 낮게 울리는 익숙한 소리가 들려왔다. 새벽이면 잠을 깨우던 '옴 —' 소리 같기도 했다. 소나무 숲 쪽인가? 용머리 약수터 쪽인가? 배드민턴 운동장 쪽인가? 사방에서 에워싸듯 동시에 들려오는 것도 같고, 아니 내 안에서 들려오는 것도 같다. 설마 아내의 방에서 비치던 그 오로라 빛 속에 내가 들어와 있는 것인가.

아내가 사는 법 3

　　고속도로를 빠져나오자 내비는 수다스럽다 할 만큼 길을 따라 직진과 좌회전, 우회전을 반복했다. 길이 있을까 싶어 우물쭈물하다가 일러준 길을 놓쳐 다시 돌아가기를 몇 번 한 끝에 마침내 마을 길로 들어섰다. 양지바른 낮은 산 밑으로 논밭이 오밀조밀 몰려 있고, 그 사이사이에 비닐하우스들이 보이는 한적한 여느 시골 마을과 다르지 않았다. 예전에는 전원주택이라 불리며 시골 마을에서 꽤 괜찮았을 법한 펜션 같은 집들도 드문드문 보였지만 오랫동안 버려둔 듯 담벼락이 기울어진 채로 간신히 버티고 있었다. 낡고 오래된 세간이 드러나 있는 빈집 앞에 개가 1미터도 안 되는 끈에 묶여 맹렬하게 짖어 댔다.

　　기억은 참 묘했다. 한때 무작정 버스를 타고 몸담을 은신처를 찾아다녔던 일이 떠올랐다. 아내가 적어 놓고 간 주소만 들고 찾아가는 낯선 길에서 평소에는 전혀 떠오르지도 않는, 까마득히 잊고 있던 일이 어디 있다가 불쑥 솟아나는 것일까. 쫓기는 몸은 어디고 숨을 곳으로 보였어도 낯선 곳은 낯설어서 숨을 수가 없었다.

　내가 빚쟁이들을 피해 잠적해 있는 동안 아내는 혼자 빚잔치를 끝내고 주소 하나만 들고 친구가 일러준 집으로 찾아왔었다. 그동안 혼자 식당 서빙으로, 파출부로, 빌딩 청소로, 간병인으로 아내는 그야 말로 온몸으로 세상의 밑바닥을 닦고 다녔었다. 가진 거라곤 몸뚱이 하나뿐인 아내로서 할 수 있는 일이 그것뿐이었기에 몸을 던질 수밖에 없었을 것이다. 아내가 마음공부니 명상이니 하면서 현실감 없는 세계에 빠져든 것도 그 무렵이겠다 싶었다. 아내는 마음공부라고 하지만 내 눈에는 아내가 그것으로 자신을 지킬 수 있다고 믿는 생각 속에 숨어 버렸다고 느껴졌다. 세상이 촛불 집회니 태극기 집회니 하는 엄청난 소용돌이에 너나 할 것 없이 거리로 뛰쳐나갈 때도, '대통령 파문'이라는 총성 같은 판결문이 TV에서 중계될 때도 아내는 무덤덤했다. 나는 그때 놀람과 침묵은 같은 곳을 보고 있다는 생각을 했다.

　아내는 요즘 유행한다는 졸혼이니 황혼이혼이니 하는 말은 입 밖에도 내지 않았다. 자기의 소원이라고만 말했다.

　- 토굴에 들어가 혼자 살아 보고 싶은 게 내 소원이야.

　- 뭐, 아예 출가라도 하시게?

　- 더 늦기 전에⋯ 체력도 그렇고⋯ 우리가 불구덩이 속에 들어앉아서 이것이 옳고, 저것이 그르고, 이게 좋다, 저게 좋다, 하는 거래. 정말 나도 그런 생각이 들어.

　아내는 자신의 나머지 삶을 홀로서기 하는 데에 쓰고 싶다며 옷가지와 먹고 있던 위장약, 골다공증 약병을 기내용 작은 여행가방에 챙겨

넣었다. 이미 결정하고 내게는 일방적인 통보만 하는 거라 내가 무슨 말을 하든 군소리밖에 되지 않을 게 뻔했다. 아내는 생각을 믿지 않는다고 하면서 결심이 서면 일단 저질러 놓고 보는 성향이었다. 나는 토굴? 토굴은 무슨, 돈굴이면 몰라도… 씁쓸하게 웃으며 말끝을 흐렸지만 내 얼굴은 못마땅한 표정이 역력했을 것이다. 사실 아내가 절간이나 다름없는 집을 놔두고 왜 굳이 토굴인지 흙굴인지 들어가 혼자 지내고 싶은지 이해도 안 되고, 알고 싶지도 않았다. 요즘이 어떤 세상인데 겁도 없다고 되릉거리듯 말했지만 마음 한쪽은 편편하지가 않았다. 오래전부터 아내는 자작나무가 많은 산골에 내려가 살자고 조르곤 했다. 나는 그때마다 시골살이를 아무나 하는 건 줄 아느냐고, 눈물까지 훔치는 아내에게서 등을 돌리곤 했다. 그런 내 꼴도 민망해서 가타부타 말이 나오지 않았다.

아내가 간다는 토굴은 후배 집이라고 했다. 이혼하고 아이를 혼자 키우는 후배는 만난 적은 없지만 나도 아는 사람이었다. 홈스쿨링을 한다고 몇몇이 모여 시골로 갔다는 얘기를 아내에게서 전해 들은 적이 있었다. 그 후배가 얼마 전 프랑스 시골 마을에 아들을 입학시켰는데 아이가 말문도 트이고 기숙사에 들어가기 전까지는 엄마가 데리고 있어야 한다며 아내에게 집을 부탁한 모양이었다.

아내가 며칠씩 집을 비우는 일은 그리 놀랄 일도 아니었다. 동안거니 하안거니, 템플스테이니 하면서 선원이며 수련원을 들락거린 지가 꽤 되었다. 부부라는 게 늙으면 다 각자 하고 싶은 대로 사는 거지, 하는 생각이 있어서 그런지 딱히 큰 불만도 없었다. 냉장고에 스티커를 붙인

밑반찬과 김치 찬통을 가득 채워 놓고 곰국을 끓여 놓으면 이삼 일은 거뜬히 버텼다. 나는 라면과 햇반에 맨 김밥을 싸먹는 요령을 터득하며 아내에게 적응해 갔다. 여느 때 같으면 아내의 짐을 싣고 같이 가서 여자 혼자 살던 집이니 손볼 데도 많겠다 싶어 이것저것 돌봐 주었겠지만 이번엔 그냥 모른 척했다. 날마다 전화 통화는 했다. 밥 먹었냐, 별일 없냐 두 마디면 끝나는 대화로 서로 살아 있다는 것만 확인하고 있었다.

목적지 근처라는 말을 듣고 내비를 껐다. 산 쪽으로 파고 들어간 교행 공간에 차를 세웠다. 길도 포장도로가 끝나고 혹시 길을 잘못 들었으면 차 돌릴 곳이 마땅치 않을까 염려된 때문이었다. 나는 산중턱에 띄엄띄엄 앉아 있는 집들을 보며 걸었다. 아내가 말한 토굴이라는 말 때문인지 돈황 석굴이 떠올라 쿡 웃음이 나왔다. 목을 내놓고 한다는 치열한 수행과는 상관없이 석굴의 은둔자라는 말이 참 낭만적이지 않은가. 나는 고개를 절레절레 흔들며 아내의 주소가 적힌 휴대폰 메모장을 열어 다시 한 번 확인했다. 처음 와본 곳이지만 아내가 사는 집은 한눈에 찾을 수 있다는 확신도 들었다. 꽃이 많은 집이면 십중팔구는 맞을 것이다. 아내는 사는 게 힘들 때마다 식물을 가까이 두었다. 창고로 쓰다가 버려둔 집에 보일러 깔고 벽을 터서 화장실을 매달아 살던 집에서도 아내는 작은 화단을 만들었다. 울타리도 없는 집 길가로 난 창문 아래 삭아서 부스러진 시멘트 바닥을 긁어내고 돌멩이를 주워다 줄 맞춰 늘어놓고 화단 경계석을 만들어 풀포기를 옮겨 심었다.

- 풀을 심는 사람이 어딨어? 파나 부추나 먹을거리를 심지.
- 풀도 정성을 들여 키우니 이렇게 예쁜 꽃을 피우네.

아내가 감탄하는 말에 나도 처음 좁쌀 같은 하얀 풀꽃을 보았다. 하지만 풀꽃은 금방 뽑혀 나갔다. 봉숭아, 꽈리, 코스모스, 금잔화 같은 꽃들이 피어나자 그런 꽃 사이사이 한 자리를 차지하고 그럴듯하게 앉아 시치미를 떼고 있는 풀들을 아내는 핀셋으로 세치 뽑듯 잡초를 뽑아냈다. 나는 그것이 무슨 신기술인 것처럼 바라본 적이 있었다.

갈림길이 나왔다. 나는 한쪽 공터에 웃자란 풀더미 사이로 군데군데 무리 지어 핀 해바라기가 보이는 길을 택했다.

산속에 나무 기둥 네 개를 올리고 국밥 넣어 줄 작은 구멍 하나 있는 동굴은 아니더라도 다 쓰러져 가는 판잣집일 줄 알았는데, 집은 멀쩡했다. 내 생각보다 멀쩡했다는 것이지, 조립식 철판 위에 나무로 벽을 친, 삭막한 철제 구조물을 겨우 면한 집이었다. 집은 개울 위로 축을 쌓아 앉힌 듯했다. 개울부터 치고 올라온 억새가 마당 앞까지 포위하다시피 차올라와 있었다. 아마도 아내가 처음 이곳에 와서 한 일은 억새를 낮으로 치고 개울에 내려가 돌을 주워 올리는 일이었을 것이다. 아내는 돌 줍는 달인 같았다. 커다란 돌도 배 위에 턱 얹혀 손쉽게 날랐다. 아내는 화단을 만들 때 늘 돌로 낮은 축을 쌓았는데 그런 행위가 어쩌면 눈에 보이지 않는 아내의 내면세계를 확고하게 다지는 의지일지 모른다고 생각했다.

현관문은 굳게 닫혀 있었다. 유리창 안을 들여다보니 인기척이 없었다. 나는 집 뒤로 돌아갔다. 뒤뜰에는 뜬장처럼 지은 닭장이 있고, 작은 채마밭에 오이, 가지, 깻잎, 고추가 실하게 매달려 있었다. 무엇보다 놀란 것은 닭장 앞에 채마밭보다 더 넓은 질경이밭이었다. 흔한 말로 초록 융단을 깔아놓았다는 말이 이 광경이구나 싶었다. 질경이는 단 한 눈금도 다른 풀이나 꽃이 얼쩡거리지 못하도록 빼곡하게 퍼져 있었다. 비옥한 들판을 버리고 밟히고 뭉개져도 경쟁 없는 척박한 길바닥을 택한 질경이의 승리 같았다. 아내는 무슨 생각으로 집을 떠나 질경이처럼 스스로 척박한 환경에 자신을 몰아넣은 걸까.

닭장 뒤쪽에서 부스럭거리는 소리가 들렸다. 나는 소리 나는 쪽으로 걸음을 옮겼다. 아내가 어느 쪽에서 내려왔는지 마치 양몰이 하듯 닭들의 뒤를 쫓고 있었다. 두 팔을 휘두르며 무슨 주문처럼 소리를 내고 있었다. 날아, 날아, 날아! 닭들은 날다시피 뛰었고, 어떤 놈들은 날개를 활짝 펴고 조금씩 날기도 했다.

- 뭐 해?

- 어? 왔어요?

아내는 아침에 출근했다가 저녁에 퇴근해 들어온 남편을 대하듯 건성으로 대답했다. 마치 내가 올 줄 알았다는 듯이 놀란 표정도 없이 집 앞에 내놓은 긴 나무 의자에 앉았다. 나는 처음 보는 낯선 사람 곁에 앉듯 아내와 약간 떨어져 앉았다. 아내는 바지 주머니에 손을 넣고 뭔가를 꺼냈다. 머리빗이었다. 언젠가 러시아에 다녀올 때 사다 준 자작나무 빗이었다. 머리빗은 손때가 많이 올라 있었다. 꽤 많이, 오래, 사용했다는 표시였지만 나는 처음 보았다.

- 혼자 있으니까 이 빗도 의지가 되대. 당신이 옆에 있다, 생각하고 주머니에 넣고 다녀. 여기 와서 혼자 지내 보니까 사람은 태어나면 죽고, 밥 먹으면 똥 싸고, 생각을 썼으니 괴롭다고 하신 스님 말씀이

자꾸 되새겨져.

　지붕을 타고 올라간 능소화 꽃숭어리가 동백처럼 뚝뚝 떨어지고 있었다. 여름이 지나고 있었다.

기억의 꽃 1

보이시죠? 잇몸 쪽으로 뿌리가 뻗어 나간 거. 여기 윗니 자리 빈 곳은 탈 난 이빨, 금니 씌웠던 거 조금 전에 잘라낸 자리예요. 잘라내니까 뿌리가 더 선명하게 보이네요. 끝에서 두 번째 뿌리가 없는 이빨은 예전에 뽑은 거구요. 지금 이 이빨도 뿌리만 남았지, 뭐 거의 다 녹아서 뽑는 게 낫겠어요. 놔두면 잇몸뼈에 손상이 갈 수 있습니다. 바로 옆에 누워 있는 사랑니도 뽑는 게 좋습니다. 어느 날 느닷없이 치고 들어오면 통증 감당이 보통 어려운 게 아닙니다. 그렇게 앓아 본 적 있으시죠? 그대로 방치하면 염증이나 생기고, 도움 될 게 없어요. 극단적으로는 생명까지 위협하는 놈입니다. 아무래도 사랑니와 뿌리만 남은 이 이빨, 두 개는 빼야 할 것 같구요. 그렇게 되면 걸칠 데가 없어서 틀니를 하든가, 임플란트를 심어야 하는데… 틀니 하면 뺐다 꼈다 하는 게 불편하고, 심리적으로 늙었다는 생각에 우울증이 올 수 있습니다. 임플란트 시술하려면 필요한 경우 뼈 이식이 동반될 수도 있구요. 하지만 생각보다 매우 간단하게 느껴질 정도로 편안하게 수술하시게 될 겁니다.

치과 의사는 별거 아니라는 투로 설명을 마쳤지만 나는 바짝 긴장해서 해골 사진 같은 엑스레이 필름에서 눈을 떼지 못하고 있었다. 한마디 변명도 허락되지 않은, 거두절미한 채 드러난 내 생애를 들여다보는 것 같아서 바로 보기가 민망했다. 빨래집게처럼 걸려 있는 이빨들은 고르지 않았다. 갈팡질팡하는 듯했고, 기웃기웃 눈치보는 듯했고, 들쑥날쑥 갈피를 잡지 못하는 듯했다. 곱씹을수록 몸도 마음도 아득하여 할 수 있는 거라곤 되새김질하는 어금니만 마주치는 일뿐이었다. 어떻게 살아왔는지 그 세월을 꼼짝없이 들킨 듯했다. 피비린내 풍기는 생간을 씹던 기억, 참새구이 뼈를 씹던 기억, 물에 불어 씹을 것도 없는 찬밥을 천천히 씹어 넘기며 목이 메던, 피고름 같은 압축된 기억의 파일이 풀리는 것처럼 입안에 가득 고였다. 나는 까칠하게 흔적만 남은 이빨을 혀끝으로 더듬으며 엑스레이 필름을 다시 들여다보았다.

알몸으로 무대 위에 올라서서 어떤 시선도 피하지 않겠다는 듯 앙다문 저 이빨. 이제 씁쓸해하는 일도 흘러간 유행가다. 눈알이 얼얼하도록 얼음덩이를 깨물며 아무도 모르고 넘어가기를 바랐던 그 이야기도 이제… 자, 아! 하시죠. 아— 나는 침을 꿀꺽 삼켰다. 아이를 낳고 첫 미역국을 받을 때처럼 내 생애를 꿀꺽 삼킨 저 앙다문 이빨은 무슨 말이 하고 싶은 걸까.

기억의 꽃 2

"할머니, 입을 크게 벌리는 일 빼곤 힘든 건 없을 겁니다."

흰 마스크를 쓴 치과 의사는 마취 주사기를 꺼내며 나를 안심시켰다. 옆에 있던 간호사가 의자를 뒤로 완전히 젖힌 뒤 내 얼굴 위로 녹색 면포를 덮었다. 눈을 가리고 입 주위만 동그랗게 뚫어 놓은 면포가 얼굴에 데드마스크처럼 놓이자 진저리를 치듯 눈가가 파르르 떨렸다. 며칠 전 친구의 입관식에서 보았던 광경이 또렷하게 떠올랐다.

수의를 입고 눈 감은 채 반듯하게 누워 있던 친구의 얼굴 위로 하얀 면포가 씌워지자 참석한 사람들은 누가 먼저랄 것도 없이 참았던 울음을 터트렸다. 이 세상에서 그녀의 얼굴이 사라지는 마지막 순간을 지켜보는 산 자들에게 그녀는 울음소리를 허락했다. 울음소리는 산 자와 죽은 자를 가르는 소리가 되어 영안실을 맴돌았다. 죽을 복을 타고난 그녀는 잠자다가 저세상으로 갔다. 믿기지 않는 그녀의 죽음을 본 뒤로 생각은 생각으로 끝나지 않는다. 생각이 현실감을 마비시키며 나를 덮쳐 버린다. 나는 조금의 틈도 없이 현실을 뛰어넘어 버린다. 어느새 내가 누워 있는 이 치과 의자가 입관을 기다리는 스테인레스 침대가 되어 나는 수의 대신 가슴에 턱받이를 두르고 마지막 면포를 덮어 이 세상에서 내 얼굴이 사라지는 순간을 맞고 있었다.

"자, 할머니, 아- 해보세요. 목젖이 보일 만큼 입을 크게 벌리세요."

내 나이 팔십이다. '아직은 쓸 만해서 못 간다고 전해라'는 유행가로 팔십 노인을 추어올리는 세상이지만 이제 살 만큼 살았다. 언제 죽어도 섭섭하지 않은 나이다. 그래도 사는 동안은 이빨로 씹고, 깨물고, 물어뜯으며 먹고 살아야 하는 일이 남았다. 친구처럼 잠자듯 죽을 때까지는 먹고 살아야 한다. 굶어 죽을 순 없는 일이었다. 나는 사지가 묶인 한 마리 동물처럼 몸을 옴짝달싹하지 않고, 입 가장자리가 아플 만큼 입을 크게 벌렸다. 입을 벌린다는 것은 마치 질 속에 남자가 들어오는 것처럼 빡빡한 조임과 수줍음이 있다. 남녀 교접이란 참을 수 없는 어둠의 아가리에 빨려 들어가는 죽음의 순간을 받는 것이다. 만약 블랙홀을 먹을 수 있다면 나는 그것을 단숨에 삼켜 버렸을 것이다. 내가 이런 생각을 할 수 있다는 건 분명 어느 행성에선가 블랙홀을 키우고 있기 때문일 것이다.

그 행성에는 블랙홀을 먹는 생명체가 있지.
살아남기 위해 블랙홀을 계속 키우면서 잡아먹지.
거짓말처럼 새로운 블랙홀을 계속 만들어 내고 있지.
블랙홀을 계속 잡아먹기 위해 할 수 있는 짓거리는 다 하고 있지.

블랙홀을 사랑한다는 건 꽤나 끔찍한 일이지.

헤이 친구, 이걸 어떻게 생각하지?

머지않아 이런 랩송도 나올 것이다. 나는 이제 젊은이들이 잘 쓰는 '그런 것 같다'라는 말을 잘 쓰지 않는다. '뭐뭐 할 것이다'라고 확신하는 표현을 쓴다. 단정 짓는 말은 늙고 슬픈 표현이다. 나는 입을 벌린 채 침을 꼴깍 삼켰다. 씹지 않은 큼직한 고깃덩이를 삼킬 때처럼 목젖이 아팠다. 친구도 이렇게 마지막 숨을 넘기며 블랙홀을 삼켰을 것이다.

"따끔할 겁니다."

의사는 한쪽 입 가장자리를 힘껏 잡아당기며 잇몸에 주삿바늘을 꽂았다. 나는 이마를 찡그리고 어깨를 움츠렸지만, 입에서는 아무 소리도 나오지 않았다. 아니다. 크게 벌린 입속에서 숨죽여 우는 아이가 있다. 아, 소리도 낼 수 없이 크게 벌어진 입을 손바닥으로 서둘러 틀어막고, 울음소리를 참느라 온몸이 뻣뻣해지고, 주먹으로 목울대를 눌러 숨소리조차 낼 수 없던 작은 여자아이가 있다. 죽은 친구가 울음소리로 남았듯이 그 여자아이는 입속에서 여전히 숨죽여 울며 살아 있었다.

책을 좋아하고, 차분하여 집 밖에 나가지 않고, 말수가 적은 여자아이는 친구 집에 얹혀 살면서도 친구 부모에게 살갑게 굴어 친딸보다 더 귀여움을 받았다. 부모에게 버림받은 불쌍한 고아 신분을 이겨낸 '달려라 하니'가 되기도 하고, 맘에 드는 남자를 유혹하느라 서슴없이 열정적인 '먼로'가 되기도 하고, 교회 간증과 수행을 빌미로 몇 년씩

두문불출 암자 칩거를 일삼는 동안 표정 하나, 말 한마디가 꾸민 구석이 없어서 누구도 의심하지 않았다. 이 세상에서 제일 속이기 어렵다는 자신에게조차 속임수를 쓰느라 정신과 병원에도 들락거렸다. 진실을 말해도 거짓으로 들렸고, 거짓을 말해도 진실로 들렸다. 아무도 나를 알지 못했다. 딴따라판이든, 예술판이든, 수행자 무리 속이든, 사람들은 나를 처음부터 그 무리에 있었던 것처럼 받아 주었다.

그러기 위해서는 솔직함이 나의 최대 무기였다. 거짓말은 처음부터 할 생각이 없었다. 유목민처럼 떠돌며 신분 위장에 매달린 것은 오직 숨죽여 울던 그 아이를 버리기 위한 거짓말이었다. '생각이 물질이다'라는 말이 사실임을 증명이라도 하듯, 나는 숨죽여 울던 여자아이 대신 내가 생각으로 만든 여자아이를 성장시키며 살아왔다. 이제 눈은 감지만 입을 벌리고 죽는 순간, 나는 부러지고 썩은 어금니처럼 잇몸속에 감춰진 숨죽여 울던 여자아이를 뿌리째 뽑아낼 것이다.

"할머니도 열심히 사셨나 봐요. 이를 보면 그 사람 살아온 내력이 어느 정도 보이거든요. 이를 앙다물고 살아오신 분들은 어금니가 일반 사람들과 좀 달라요."

치과 의사는 뽑아낸 이빨을 핀셋으로 집어 휴지통에 던졌다. 나는 지혈하기 위해 박아 놓은 솜뭉치가 빠지지 않도록 이를 악물었다.

코로나블루
_ 은둔 씨의 일일

    2020년 2월 18일 이후로 나의 세계는 창문이다. 대구에 거주하는 31번 코로나 확진자의 이동선을 따라 추가 확진자가 급속하게 증가할 무렵이다. 나는 하루에도 몇 번씩 발코니가 없는 거실 창문 앞에 의자를 가져다 놓는다. 베란다 확장으로 거실의 두 짝 대형 유리창은 외부와의 연결과 동시에 차단막이 된다. 23평 아파트 공간에 갇혀 거실 의자와 식탁, TV 화면, 화장실을 돌면 하루가 간다.

    쳇바퀴 인생이라는 직장인으로 살았지만 단 한순간도 단순하다고 느낀 적은 없다. 단순하기로 치면 65년을 살아온 내 인생 중 지금이 가장 단순한 삶이라고 할 수 있다. 아내의 어린이집 식당 아르바이트와 35만 원의 연금에 의지하는 노년이지만 생명줄 같던 인간관계를 끊어낸 자리에 찐득하게 들러붙던 죄책감과 무능함을 마스크가 가려 주기 때문이다. 실제 마스크가 가려 주는 건 내 잔기침이다. 내 기침 소리를 듣는 순간 '이 시국에 누가 기침 소리를 내지? 저 사람 바이러스잖아.

31

집에나 있지 왜 밖에 나온 거야?' 말없이 쏘아붙이는 눈빛을 핑계로 나는 완벽하게 격리된 단순한 삶을 살아갈 수 있게 되었다.

오늘 금요일이지. 5번, 0번 마스크 사는 날이네.

아내는 비상식량처럼 마스크를 사 모으고 있다. KF94, KF80, 방역용, 황사용, 일회용, 수술용 마스크 등등 기능별 종류도 종류지만 블랙, 화이트, 핑크 등 색깔과 모양이 다양한 마스크를 사들인다. 화장대 서랍 한 칸을 싹 비우고 그곳에 전쟁에 나갈 용병처럼 마스크를 줄지어 세워서 보관한다.

바이러스로 죽을 순 없잖아. 한 번뿐인 인생인데.

한 번뿐인 인생인데 아내는 어쩌다가 마스크에 목을 매는지 알 수 없다. 마스크보다 먹을 게 먼저 떨어질지도 모른다. 아내는 마스크 천 구하는 법, 손바느질로 마스크 만드는 법을 꼼꼼하게 스크랩하고, 그것도 모자라 인터넷에 떠도는 기기묘묘한 마스크 사진들을 내려받아서 휴대전화에 저장한다. 마스크를 구하지 못해 브래지어를 뜯어 만들거나, 생수통을 뒤집어쓰거나, 심지어 기저귀에 고무줄을 낀 별별 입가리개 사진들을 수집한다.

우스꽝스럽지만 왠지 짠하지? 우리가 인간이라고 말하는 것 같지 않아? 사람이 당황하고 불안하면 아무 생각도 안 나니까. 여차하는 날에 잘 써먹게 될 거야.

아내는 마스크가 전염병이 쳐들어오는 최전선의 방어막이자 최후의 보루로 우리를 지켜 줄 거라 믿는 것 같다. 사실 실내에서도 마스크를 쓰는 아내와 나는 마스크가 절대 필수품이긴 하다. 낮에는 물론,

잠잘 때도 마스크를 잘 벗지 않는다. 한때 급성 폐렴을 앓은 적이 있어서 내가 기저질환자라는 아내의 분석에 따른 것이다.

코로나 사태로 어린이집이 휴원에 들어가 아르바이트는 나가지 않지만 집 밖으로는 아내만 들락거린다. 필요한 물건은 대부분 택배로 받는다. 아내는 이번 코로나바이러스가 기저질환자에게 얼마나 치명적인지 설명하고, 못 미더워하는 나에게 요양원의 집단 감염 뉴스를 찾아 보여준다.

지금은 전시 상황과 같아.

밥도 각자 따로 먹고, 욕실도 따로 쓴다. 물론 방도 따로 쓰고, 빨래도 각자 한다. 세탁기에 자신의 옷과 내 옷이 섞이지 않도록 아내의 빨래는 대부분 손빨래를 한다. 아내는 한 집에서 두 집 살림의 수고를 기꺼이 감내한다. 아내가 겪어 보지도 않은 전시 상황이라고 우기는 힘이다.

오늘도 아내는 마스크와 모자, 선글라스, 물티슈로 씻어낼 수 있는 비닐 질감의 외투까지, 완전무장한 전투복 아닌 전투복을 차려입고 현관을 나선다. 휴대용 손소독제를 챙기고 일회용 비닐장갑을 끼더니 수화하듯 손가락으로 가슴을 한 번 찌르고 창문 밖을 가리킨다. 마스크를 사러 나간다는 뜻이다. 말 한마디에 침방울이 수천 개가 튀고, 잔기침 침방울이 1미터까지 튀어 나간다는 게 아내가 수집한 정보다. 아무튼 신기한 건 말 대신 손짓만으로도 대부분의 대화가 가능하다는 것이다. 동물과 사람이 다른 이유 중 하나가 바로 말인데 스스로 말을 버린 거나 다름없다. 손짓과 눈짓의 대화를 나는 퇴행이라 하고, 아내는 진화라고 생각한다는 점이 다르다.

코로나 사태 이후로 아내는 좋아하던 드라마나 트로트 가요 프로그램도 보지 않는다. 점점 늘어나는 속보는 멀쩡한 사람도 확진자가 되고, 그로 인한 사망자가 될 수 있다는 두려움을 전달하고 있다. 한마디로 속수무책이라는 것이다. 국경이 봉쇄되고, 여러 나라에서 비행기 이착륙을 거부한다는 소식이 채널을 돌릴 때마다 반복해서 방영된다. 아내는 전염병 전문가들이 출연해서 들려주는 코로나바이러스 예방법, 실험 자료, 세계적 동향 등등에 대한 분석 프로그램을 일 순위로 시청함은 물론, 매일 방송에 나와 정례 브리핑을 하는 정은경 질병관리본부장의 옷차림, 얼굴색을 살핀다. 머리칼 길이는 점점 짧아지고, 흰머리가 점점 늘어난다며 눈 주위가 뻘겋게 물들곤 한다. 아내에게는 질병관리본부장이 적진 앞에 선 여전사다. 아내의 전시상황실에는 먹고, 씻고, 닦는 매일의 확실한 노동이 있다. 냉동식품과 통조림, 마스크가 쌓여 가고, TV를 끄면 강요된 마스크의 침묵에 점령당한다.

아내가 나가는 현관문 닫히는 소리와 동시에 나는 마스크를 벗는다. 턱을 쓸면서 창문 앞 의자에 앉는다. 수염을 언제 깎았는지 기억도 가물가물하다. 내가 창가로 마음이 끌리는 것은 은둔의 강박증으로 인한 몸의 반란 때문이다. 뚜렷하게 표시가 없어 아내도 눈치를 못 채지만 입가나 손가락이 가늘게 떨리는 일이 종종 있다. 그런데 창가에 앉으면 떨림이 저절로 가라앉곤 한다. 나는 창밖 풍광을 관찰하는 일이 조금도 지겹지 않다. 눈은 이미 도로 곳곳을 세세히 알고 있지만 마치 그것들을 처음 보듯 바라본다. 아무것도 살 것 같지 않은 공터에서 살아 움직이는 고양이가 뒹군다. 어린 시절로 돌아가 구름에 이름을 붙이고, 도로와 아파트 주변의 나무 숫자를 세고, 아주 짧게 스쳐 지나가는 햇빛의 색채를 구분해서 '자연채집물 바구니'라고 쓴 작은 노트에 주워 담다 보면 시간은 지루함을 삼킨 채 저 혼자 사라진다.

뭘 그렇게 적어? 코로나 때문에 얼씬거리는 게 아무것도 없구만. 뭐, 코로나 시대의 증언자라도 되시려구?

아내의 지청구에 나는 뭐라고 대꾸하려다 번번이 마스크 안으로 숨곤 한다. 노트에 깨알같이 적어놓은 숫자와 짤막한 메모는 별게 아니다. 날씨와 시간, 한 시간 동안 차가 몇 대 지나가는지, 흰색이 몇 대, 검은색이 몇 대인지 차 색깔을 분류하고, 사거리에서 주춤거리는 검은 승용차가 좌측으로 틀지, 우측으로 틀지, 직진할지, O, X로 베팅을 그려놓은 낙서 같은 것들이다.

한 곳을 집중해서 보는 몰입감에는 중독성이 있다. 내 뇌에 어떤 작용을 일으키는지 알 수 없어도 불안에 사로잡혀 떨리던 몸이 스르르 가라앉는다. 노트에는 적지 않는 나만의 특권 같은 짜릿함도 있다. 《페스트》에서처럼 먹이를 찾아 나온 고양이에게 가래침을 탁 뱉는 노인을 기다린다. 상상만으로도 가슴이 두근거린다. 시각이 모든 감각을 압도하면 몸에서 쾌락 본능이 살아난다. 가래침을 뱉어 줄 먹잇감을 기다리는 노인이 되고 싶은 욕구다. 통제되었던 욕구들은 깎지 않은 수염, 아내의 성화에 자면서도 벗지 않은, 귀가 아프도록 걸고 있는 마스크 안에서 숨 쉬고 있다가 비로소 본색을 드러낸다.

몇 시간째 도로는 텅 비어 있다. 이틀 전부터 가로수 밑에 세워져 있는 흰색 승용차 두 대가 있을 뿐, 지나가는 차도 사람도 보이지 않는다. 고요는 때때로 불안을 부른다. 갑자기 눈앞이 흐릿하고 어둑하다. 도로가 살아 있는 생물체처럼 꿈틀댄다. 차들을 먹고, 가로수를 먹고, 하늘을 먹고, 고양이를 먹고, 사람을 먹고, 도로에 나타나는 것들을 모조리 먹어치운다.

우리 아파트 106동 라인에서 확진자 동선이 나왔습니다. 오늘 아파트 전체 엘리베이터와 주변 지역 방역에 들어갑니다. 방역 시간에는 엘리베이터 사용이 제한되오니 이 점 참고 바랍니다. 주민 여러분 모두 사회적 거리 두기를 철저히 지켜 주시기 바랍니다. 이상은 관리사무실에서 알려 드렸습니다.

아파트 실내 방송이 잔혹한 상상을 순식간에 걷어 간다. 내게는 확진자의 동선 안내보다 사람 말소리가 더 위로구나, 싶다. IMF 때 받았던 위로가 생각난다. "이젠 너나 나나 다 어려우니까 염려하지 마. 사업 하던 사람도 하루아침에 부도 맞고, 든든한 직장을 가졌던 은행원, 대기업에 다니던 사람들 봐봐. 명퇴 당하고, 난리잖아. 노숙자가 남의 일이 아니야." 명퇴라는 말이 저승사자처럼 돌아다니고 있던 시절이다. 고추기름이 뻘겋게 뜬, 팔팔 끓는 순두부를 사주던 선배에게서 들은 말은 아직 유효하다. 무급 휴가에 월급은 동결되고 얼마 동안 마이너스 통장으로 버티다가 결국 신용불량자로 떨어지는 순서를 밟는 공포를 혼자 겪지 않아도 된다는 위로. 지금 나에게 위로는 은둔이다.

코로나바이러스는 누가 누구인지, 어떻게 살아왔고, 어떤 상황에 처해 있는지, 아무런 상관 없이 무차별 습격을 가한다. 나는 은둔을 선택하고, 은둔으로 내 영역을 보호하고, 자신을 돌본다. 은둔은 가난의 권리다. 전화, 카드 흔적을 지우고, 추적하는 CCTV 도로에서 스스로 사라지는 것이다.

도로 끝 공터에서 고양이 두 마리가 주변을 살피며 도로 쪽으로 걸어 나온다. 뭔가 움직임에 긴장된 몸이 앞으로 쏠린다. 유리창에 이마가 부딪힌다. 멀리서 보아도 누런 얼룩 털이 까스스한 마른 몸집이다. 신도시 첨단산업단지 도로변의 은둔자들은 모두 끈질기게 떨어지는 가랑비처럼 눈물을 머금고 산다. 몸은 점점 풍화되어 가는 왕모래처럼 말라 가고 있다. 창밖을 내려다보면 늘 아찔하고 어지럽다. 우울함이 갈망하는 소멸의 유혹이 거세진다. 자기혐오와 자괴감에 파묻혀 지내던 무덤들이 머릿속을 휘젓는다. 하지만 자초한 압박이 두렵지 않다.

공터 고양이에게 참치통조림이라도 가져다 줘야겠어.

나는 노트를 펴고 적는다.

빨강, 주홍, 노랑, 자주, 색색의 튤립꽃 목을 뚝뚝 딴다. 해골처럼 목이 잘린 꽃머리를 커다란 자루에 담아 트럭에 싣는다. 튤립 축제를 위한 수십만 송이의 꽃무지개가 허물어진다.

화를 내고 나면 쓸쓸해.
푸르스름한 창공에 떠 있는 달처럼 외로워져.
꽃을 보러 사람들이 모여들어서
수십만 송이 꽃들이 목이 잘리고,
수만 평의 꽃이 핀 꽃밭을 포크레인으로 갈아엎는데.

사람들이 무슨 생각을 하는지 혼란스러워.
도시의 거주자들이 표류하고 있어.
냄새를 따라가는 강아지를 따라가거나
가래침을 피해 가는 고양이를 따라가거나
불안의 정직성이 나를 살아 있게 해.

아내가 여느 때보다 늦는다. 아내가 돌아올 때까지 나는 정물처럼 앉아 기다린다. 현관문 열리는 소리가 들린다. 외출하고 돌아오면 아내 몸과 신발에 소독제를 뿌려 주어야 한다. 나는 벗어놓았던 마스크를 귀에 건다.

우리 아파트에 확진자가 다녀갔다며? 그래서 현관문 앞에 금줄을 치려고. 숯이 정화 작용도 하고.

아내의 팔에 뱀처럼 똬리를 튼 새끼줄이 감겨 있다. 새끼줄보다 아내가 쓰고 있는 마스크 때문에 나는 멈칫한다. 아내는 어디서 구했는지 붉은색 처용 얼굴이 그려진 마스크를 하고 있다. 당신, 나 몰래 처용이라도 만나고 온 거요? 묻는 내 얼굴은 마스크에 가려서 보이지 않는다.

코로나블루
_ 거울 여자

        털기춤은 한마디로 '에라 모르겠다'야. 몸을 그냥 막 흔들고, 발바닥을 막 비비면서 막 추는 거야. 막. 막춤이라고 그러잖아. 다리부터 떨기 시작해서 헛것을 쫓듯 손을 흔들다 보면 몸이 공중에 뜰 것 같아. 과장해 말하자면, 몸이 깃털처럼 가벼워진다고나 할까. 묘수라면 힘 빼기. 발뒤꿈치를 살짝 들고 먼지떨이처럼 몸을 털어 봐. 몸이 저 혼자 움츠렸다가 풀어졌다가 할 때쯤이면 엉덩이를 실룩거리고, 발바닥을 튕기면서 흔들어 재끼는 거야. 코로나 때문에 생긴 방구석댄스라는데, 명상으로 접근한 게 좋더라구. 우리 몸은 늘 무언가를 하려고 긴장 상태로 있다는 걸 털기춤을 추면서 알아차리게 된다는 거지. 처음에 나도 놀랐어. 살집들이 탈탈 털리면서 도무지 내 몸의 움직임이라고 믿을 수 없는 몸짓으로 뒤뚱거리는데, 우습다기보다 왠지 측은해 보였어. 내 몸이 서서 자는 말같이 느껴진달까? 도망가는 것 말고는 자신을 지킬 수 없어서 말은 잘 때도 서서 잔다잖아.

뼈춤이라고도 해. 발뒤꿈치를 들었다 내렸다 하면서 살살 관절을 풀어 주면 뼈와 뼈 사이 빈 곳이 열린다는 거야. 특히 꼬리뼈 있잖아, 잃어버린 꼬리를 터는 게 젤 중요해. 꼬리뼈를 털어 봐. 꼬리 친다는 말도 있잖아. 살살 꼬리를 치다 보면 갑자기 진저리치듯이 엉덩이를 세차게 흔들게 되더라구. 손톱으로 긁어내도 미끄덩대며 알 끈에 칭칭 엉켜 있는 호박씨들처럼 살아남으려고 몸부림치던 엄청난 힘이 느껴지지.

신기했어. 홀린 것처럼 어느새 털기춤이 아침마다 올리는 의식이 돼버렸어. '하림'이라는 가수가 부른 〈올드보이〉 유행가를 틀어놓고 추는데, 센티멘털한 느린 기타 반주로 시작되다가 급작스럽게 빠른 박자로 바뀌면서 랩 하듯 가사를 쏟아내. 유행가 가사가 막춤을 심오한 철학적 행위예술로 비추어지도록 해주는 것 같아 몰입이 잘 돼.

사막같이 거칠어진 피부 / 깊이 팬 주름살의 이마
거울 앞에 서 있는 저 남자 / 그가 바로 나란 말인가
손에 박인 굳은살을 보며 / 틀에 박힌 나를 떠올리네
내 꿈은 이게 아닌데 / 넓은 대지 위를 날아가는
새 되고 싶었건만 / 어디서 잘못된 걸까 아, 아, 아,
모면하기 위해 무릎 꿇고 / 비열함에 눈물도 흘렸다
정의라는 두 글자는 잊은 채 / 정녕 내가 그랬단 말인가.

막상 해봐. 사실 언제 그렇게 막 흔들어 봤겠어. 늘 흔들리지 않으려고 머뭇, 머뭇, 주춤거리는 인생이었지. 막 추라는데도 잘못하다 들킨 애처럼 뻣뻣하게 긴장하는 몸을 보면 몹시 외롭다고 느껴져. 엉엉 울음

도 나온다니까. 그 울음은 자궁으로부터 터져 나오는 눈물일 거라고 상상해. 애 낳을 때 온몸의 뼈 마디마디가 늘어나잖아. 언젠가는 몸이 소리를 토해 낸다고도 느꼈어. 한 번도 들어 본 적 없는 낯선 음성이었어. 몸에서 나오는 노랫소리 들어 본 적 있어?

털기춤 절정은 욕실에서 트위스트를 추는 거야. 의지할 곳 하나 없이 오직 몸에 집중하면서 꾸밀 것도, 꾸며 댈 이유도 없는 알몸을 흔들어 보는 거지. 2분 45초지만 트위스트 리듬은 몸이 기억하는 먼 과거를 단숨에 몰고 왔어. 코뿔소가 콧김을 내뿜고, 목도리도마뱀이 어깃어깃 사막을 걷기도 해. 까치발로 물 위에서 찰랑찰랑 소금쟁이 춤도 출 수 있지. 욕실은 소리가 울리잖아. 자동 에코지. 트위스트 음악이 꼬리를 높이 쳐들고 타각타타각 타타타각 타타 욕실 안을 울리면 몸은 맘껏 떨림을 허락하지.

황홀한 기분에 취하려는 찰나였어. 갑자기 안개 속으로 입술을 꾹 다문 채 있는 힘껏 달려가는 거울 여자가 나타났어. 김이 서린 뿌연 거울인데도 거울 여자가 두려움에 떨고 있는 게 느껴졌어. 더는 숨을 곳이 없는, 쫓기는 얼룩말 같았거든. 끔찍하리만큼 낯선 여자가 내 눈을 쳐다보며 나와 똑같이 젖은 머리칼을 흔들어대고 있었어. 뜬금없이 '공포와 욕망'이라는 말이 떠올랐지만 늙었어, 라고 중얼거렸더니 거울 여자의 표정이 일그러지더라구. 뭘 기대했길래 실망스러운 표정이야? 늙는다는 게 문제가 아니라 다시 젊은 여자로 돌아갈 수 없다는 게 슬픈 거겠지. 추운 듯 늘 웅크리고 살아서 잔뜩 굽은 어깨, 움푹 꺼진 데다 늘어진 젖가슴, 부푼 찐빵 같은 배와 뭉개 버린 반죽 같은 희멀건

살덩이들은 정말 아무리 보아도 낯설었어. 나는 거울 여자에게서 시선을 떼지 않은 채 뒤로 물러났다, 앞으로 다가갔다 하면서 뭔가 나와 익숙한 것을 찾아내려고 애썼지. 거울 여자는 내가 다가가면 같이 다가오고, 내가 멀어지면 거울 여자도 나에게서 멀어졌어. 나는 다시 한 번 진저리치듯 꼬리뼈를 흔들었어. 잃어버린 꼬리의 슬픔이 내 몸을 슬픔에 익숙하게 하는지도 몰라. 거울 여자가 꼬리뼈에 물을 뿌리며 노래를 불렀어.

아무 의미 없는 몸짓이
늙은 몸을 위로하는가
아무 의미 없는 몸짓이
늙은 몸에 쉼, 표, 를 찍어 주는가
아, 아, 아, 그대여,
몸부림에 꽃이 피면 춤이 된다네.

긍정적인
도보 씨의 일일

　　　황사는 며칠째 계속되었다. 대낮에도 나무가 사라지고, 산이 지워지고, 해가 흐려져 밤중처럼 어두웠다. 아내가 초를 다투며 바쁘게 출근하고 나면 오래 비워 둔 빈집처럼 식탁 위에는 황사 먼지가 뿌옇게 내려앉았다. 식탁의 먼지를 행주질하던 그는 갑자기 자신도 모래 먼지처럼 날아갈지도 모른다는 두려움에 휩싸였다.

　어젯밤에 사온 막걸리를 다 먹었다는 것을 알고 있으면서도 그는 냉장고 문을 열어 확인한다. 비록 막걸리 한 병이지만 매일같이 먹은 탓일까. 알코올중독이라는 말이 떠올랐다. 해장술? 알코올중독? 내가? 피식 웃음이 나왔다. 해장술도 그에게 거리가 먼 건 마찬가지였다. 회사 동료들이 해장술을 한다며 점심시간에 술부터 찾는 걸 볼 때마다 그는 이해할 수 없는 세상일 중의 한 가지가 해장술이라고 생각했었다. 해장술이 됐든, 해장국이 됐든, 이제 그들도 나도 다른 사람이 되었다. 전생일처럼 서로 아무것도 아닌 존재로 살고 있다는 것이다.

직장을 그만두고, 정확히 말하면 구조조정에 밀려 조기퇴직을 당한 뒤, 한동안은 독 안에 든 거미들처럼 서로 먹고 먹히는 세상에서 빠져나왔다는 생각만으로도 위로가 되었다.

아내 대신 살림하는 남자로 사는 게 꿈이었다는 듯이 거실로 주방으로 종종걸음을 치고 다녔다. 그러나 행복해 보였던 그의 주부 행보는 얼마 지나지 않아 예상했던 대로 삐걱거리는 소리를 내기 시작했다. 혼잣말인 것처럼 아내에게 구시렁대기 일쑤였다. 손에 주부습진이 생겼다는 둥, 빨래를 널어놔도 걷어 주는 사람이 없다는 둥, 쓰고 제자리에 정리만 해도 집안일이 반으로 줄어든다는 둥, 불평하는 소리가 잦아졌다. 스스로 생각해도 늘 긍정적이고 건전한 사회인이라고 자부했던 그의 내면에서 알코올중독, 불평불만이라는 단어가 떠올랐다는 것 자체가 그를 더 힘들게 했다. 이 모두가 황사 때문이라고 그는 얼른 마음을 바꾸었다. 마음을 돌리는 데는 몸을 움직이는 일이 제일 빠르다는 것을 그는 이미 터득한 바였다.

모자를 눌러쓰고 마스크를 하고 그는 집을 나섰다. '올레길'이다, '갈레길'이다 하면서 걷기가 대세인 시절이라 걷고 있는 동안은 세상에서 밀린 느낌에서 벗어나 그런대로 마음이 편안했다. 옛날 동네라 골목길도 많았고, 시장길은 자주 들러도 늘 새로운 길이라는 생각이 들었다. 무엇보다도 사람들 틈에 섞여 같이 걷고 있다는 것이 그를 안심시켰다. 그러면서 무작정 걷기에 집중한다는 위파사나 수행을 한다는 믿음을 스스로 각인시켰다. '오라는 데는 없어도 갈 데는 많다'라는 씁쓸한 생각이 수시로 치고 들어와 황사처럼 그를 지워 버리는 것 같기 때문이었다.

그의 집에서 버스나 전철을 타고 몇 정거장 나가면 둘레길이 사방으로 뻗어 있었다. 그곳에는 산이 있었고, 강이 있었고, 바람이 있었다. 산과 강, 바람은 그가 도시의 무리에서 떨어져 나왔다는 확실한 증표가 되었지만, 한편으로는 그도 세상 일부라는 사실에 위안을 주기도 했다.

그가 퇴직한 뒤에도 한동안 회사 앞에까지 갔다 돌아온 일을 식구들은 아무도 몰랐다. 습관이란 무서운 것이었다. 대문을 나서자 그의 발길은 저절로 출근길 버스정류장으로 향했고, 그는 아무 생각 없이 버스를 탔고, 그리고 바로 회사 앞에서 버스를 내린 것이었다. 정신이 드는 순간, 그는 너무나 황당해서 누가 볼까 봐 바로 뒤돌아서서 무작정 걸었다. 얼마나 걸었을까. 많은 사람이 그의 어깨를 스치며 걷고 있었고, 차는 차대로 도로 한복판을 굴러가는 익숙한 풍경. 그 풍경 속에 길 잃은 아이처럼 우두커니 서 있는 그가 보였다.

여기가 어디지? 나는 어디로 가고 있는 거지?

끈끈한 액체가 온몸을 덮고 흘러내리는 듯한 불안을 떨쳐내려고 그는 다리가 풀릴 정도로 걷고 또 걸었다. 종착지는 산동네 구멍가게였다. 간판도 없는 허름한 구멍가게지만 오래된 소나무 아래 내놓은 평상도 있어서 시골집같이 편안했다. 막걸리 한 병을 시켜 놓고 가겟집에서 주는 신김치 한 사발에 막걸리 한 병이면 한세상이 별것 아니라는 가벼운 마음이 되는 것이었다. 생자필멸生者必滅이라든지, 토사구팽兎死狗烹, 인생무상人生無常, 거고시진擧苦示眞, 번뇌 즉 보리, 중생과 부처가 둘이 아니다, 라는 말이 무슨 말인지 다 알 수 있을 것 같고, 그가 보고 있는 세상이 마음의 그림자일 뿐이라는 것도 다 이해가 되었다. 마지막 잔을 비우고 일어설 때쯤이면 해탈이 별거냐, 공중부양이라도 할 것처럼 몸도 마음도 가벼워졌다. 막걸리 한 병의 위력이지만 그에게는 너무나 큰 행복감이었다. 소나무 뒤편 갈참나무에 딱따구리가 날아와 그의 생각에 응수하듯이 통, 통, 통, 나무 찍는 소리를 내고 있었다.

"어디 갔다 왔어? 왜 이렇게 늦었어?"

그의 행보에 대해 아무것도 묻지 않는 아내가 오늘 꼭 그렇게 물어주길 기대하면서 그는 집을 향해 걸었다.

그 집

1

마지막으로 문간방 사람들이 짐을 빼고 나가자 마침내 빈집이 되었다. 흡사 박제를 하기 위해 내장을 훑어낸 것처럼 집은 거죽만 덩그러니 남았다. 사람들과 살아온 시간, 지붕을 받치고 서 있던 기둥, 삐걱거리는 툇마루, 싸늘하게 식어 버린 구들장, 오랫동안 버려져 누추하고 헐벗은 방 한가운데 낡은 플라스틱 의자가 지키고 있었다. 어렸을 때 느꼈던 집은 이토록 슬프지 않았었다.

2

"답이 안 나오네요. 어디서부터 손을 대야 할지…."
"헌 집을 고치는 게 몇 배 힘들어. 새집 짓는 게 훨씬 수월치."

"일단, 벽부터 털어 보자구."

"물을 좀 뿌려 봐. 흙벽은 다 털어야겠어."

"벽 위로 가로지른 나무도 자르는 게 좋겠는데."

"무너질 걸 각오해야겠어."

"그냥 이대로 마무리하는 방법은 없을까요?"

"기다려 봐, 천장을 뜯어 보고 결정하자구."

인부들은 아무런 보호대도 없이 적진을 향한 무사들처럼 쇠망치와 빠루와 전기톱을 사정없이 들이댔다. 흙벽이 털리고 썩은 기둥이 신음하듯 주저앉았다. 그 집의 모든 시간과 삶이 무너져내렸다. 어지러웠다. 합판으로 막아 놓은 마루 천장을 뜯자 쥐똥이며 흙먼지가 와그르 쏟아졌다. 우리가 놀란 것은 쥐똥 때문도 아니고 흙먼지 때문도 아니었다. 생각지도 못한 번듯한 마루 대들보가 드러났기 때문이었다. 흙먼지 위로 상량보 올리던 아득한 소리가 들려왔다.

"하늘의 오색 빛이 감응하고 땅의 오복이 준비하도다"

3

명성황후가 묻힌 홍유릉 뒷산 비탈에 매달린 집, 방 한 칸, 대청마루, 부엌 한 칸의 초가집, 조선 소나무로 대들보를 올린 집. 언제부터 주인 없는 집이 되었을까. 그 빈집에 누군가가 들어와 방 옆에 방을 매달고, 마루 뒤에 방을 매달고, 부엌 앞에 방을 매달고, 초가지붕 위에 석면 지붕을 올리고, 합판으로 대들보를 막아 버린 집, 벽지 위에 벽지를 덕지덕지 발라 조선 소나무 기둥이 썩어 버린 집, 담도 없이 순두부 가게가 붙어 있는 집, 찔레나무가 담벼락이 되어 준 집, 알록제비꽃이 봄 마당을 덮는 집, 은행나무가 철대문을 밀어내는 집, 목련꽃이 흰 촛불처럼 환한 집, 한밤중 대문을 열고 들어서면 불 꺼진 집이 짐승처럼 웅크리고 앉았던, 달빛이 높아 토굴 같은 집.

4

이곳으로 이사 온 지 3개월, 돌이켜보면 아무것도 생각하지 않고 하루하루를 견뎌 왔다. 좀 더 빨리 현실을 알고 집을 고치는 일에 돈을 쓰지 않았으면 했지만, 알았어도 크게 달라질 건 없었다.

오래된 어제

전철이 도착하고 문이 열렸다. 나는 전철 안으로 들어갔다. 그는 전철 밖에서 전철 안에 있는 나를 바라보았다. 문이 닫히고 전철이 움직일 때까지 오래된 어제처럼 아무 일도 일어나지 않았다. 내가 슬픔과 낙담과 맞서 싸울 기력도 없이 우주가 정지된 듯한 중압감을 견디고 있을 때, 전철은 오래된 어제처럼 움직였다. 의자에 앉은 사람, 손잡이를 잡고 선 사람, 전화를 하는 사람, 책을 보는 사람, 다 다른 얼굴을 하고, 다 다른 옷을 입고, 다 다른 곳을 쳐다보는 사람들이 한 객실에 타고 가는 일도 오래된 어제와 같았다. 전철이 정거장에 설 때마다 사람들은 내리고 또다시 사람들이 탄다. 나도 그들처럼 전철을 탔고, 그들처럼 내린다. 결국 이승과 저승으로 갈라지는 길처럼 그와 내가 다시 보지 못한 것도 오래된 어제와 같아지고 말았다. 오직 오래된 어제가 아는 얼굴이었지만 알은체를 할 수가 없다.

늙은 달

바냐(습식 사우나, 러시아식 공중목용탕) 안은 수증기로 가득 차 앞이 보이지 않았어요. 나는 뜨거운 돌에 물을 한 바가지 더 끼얹었고 마치 다시 깨어나지 않을 것처럼 나무판 위에 누웠어요. 이 세상에서 얻은 것들을 모두 머리맡에 벗어놓고 알몸으로 긴 잠을 자고 싶었거든요. 머리맡에 놓인 반바지와 속옷 두 가지가 이 세상에 와서 얻은 것들이라고 말하면 당신은 웃겠지요. 하지만 옷을 벗고 옷을 입는 일은 죽느냐, 사느냐 할 만큼 중요한 일이잖아요. 옷은 이 세상에 올 때나 이 세상을 떠날 때나 알몸을 지켜 주던 또 다른 몸이라고 생각해요. 당신도 습관이 얼마나 무서운지 알 거예요. 아무리 알몸이지만 아랫도리를 차마 그대로 드러낼 수는 없었어요. 자작나무 가지로 아랫배를 덮었더니 한결 편안해졌어요. 따뜻한 안개비가 내리는 초원에 누우면 이런 기분일 거예요. 그런데 그런 곳이 있을까요? 있다면 아마 이 세상은 아닐 거예요. 내가 말대로 실오라기 하나 걸치지 않은 알몸으로 누워 있는지 믿기지 않았어요. 나는 얼굴부터 천천히 알몸을 더듬었어요. 둥근 눈알이 눈두덩 아래 단단하게 웅크리며 손끝을 밀어내고, 꼭짓점같이 귀여운 콧대, 볼살처럼 밋밋한 입술, 절벽 같은 목줄기를 타고 내려와 팽팽하게 긴장하고 있는 젖가슴을 움켜쥐는데 머리가 찡, 하고 잠깐 어지러웠어요. 아, 떠올랐어요. 당신이 처음 내 알몸으로 들어오던 때 같았어요. 그때 정말 내 몸이 터져 버리는 줄 알았어요. 제물로 바친 동물의 짧은 울음소리처럼 나는 신음을 내뱉었어요. 배꼽 위에 두 손을 포개고 숨을 따라 움직이는 아랫배를 가만히 지켜보는데 당신이 내 알몸에 들어와 부드럽게 움직이던 압박감이 고스란히 살아나는 거예요. 얼마나 놀랐던지요. 그런데 그보다 더 놀라운 광경이 벌어졌어요. 자작나무가 내 배꼽에 뿌리를 내리고 자라는 줄 알았어요. 하지만 그건 아니었어요. 그런데 아랫배에 올려놓은 자작나무 가지들이 뭉싯뭉싯 떠오르면서 배가 불러 오는 거예요. 산통은 없었지만 아랫배에 힘을 주면 아기가 나올 것 같았어요. 아, 그런데 잠이 쏟아졌어요. 얼마나 지났을까요. 눈을 떠보니 바냐 안은 여전히 수증기로 가득 차 있어서 구름 속에 잠긴 듯했어요. 처음보다 자작나무 향이 짙어졌을 뿐 달라진 것은 없었어요. 꿈을 꾼 거겠지요. 자궁을 들어내던 그해 겨울, 당신과 함께 들었던 아기 울음소리, 그 환청이 들렸던 거 같아요. 눈을 뜨자마자 저도 모르게 아기라니, 하는 소리가 쑥 밀려 나왔어요. 나는 아기처럼 알몸을 웅크린 채 자작나뭇잎을 덮고 있었어요. 알아듣지 못하는 주문을 외며 자작나뭇잎으로 온몸을 두드리던 치유사가 덮어 주고 간 것 같아요. 나는 자작나무 가지를 움켜쥐고 바냐 문을 밖으로 힘껏 밀어젖혔어요. 뜨거움과 차가움의 경계는 살을 에는 통증뿐이군요. 이 통증과 살아 있다는 느낌은 무슨 관계일까요? 이 고통이 내가 살아 있다는 증 거물이라고 당신은 말하고 싶은 거죠? 통증조차 얼어 버릴 것 같은 눈 길을 따라 걸었어요. 호수는 커다랗게 놀란 눈으로 나를 바라보고 있어 요. 아니 커다랗게 소리를 지르며 나를 부르고 있어요. 꿈속같이 하얀 벌판에 자작나무가 나를 이끌고 가는 지표처럼 서 있어요. 호숫가 멀리 오두막이 눈 속에 솟아 있어요. 뛰어가면 한 걸음이지만 나는 늙은 달 처럼 느릿느릿 눈길에 깊은 발자국을 내며 낯선 행성을 향해 걸었어요.

비둘기 편지

바람이 심하다. 아귀가 맞지 않은 부엌문이 덜컹댄다. 마침내 비가 올 모양이다. 구들장이 선득하다. 보일러를 올리려고 일어서는데 갑자기 환한 햇살이 창문으로 들어온다. 보일러 올리는 걸 놔둔 채 부엌으로 들어간다. 냉장고를 열어 달걀을 꺼낸다. 달걀 세 개를 한 손에 거머쥔다. 냄비에 물을 받아 가스레인지에 올린다. 달걀은 물 속에 잠긴다. 물 위로 동전만큼 떠오른 달걀이 나처럼 떨고 있다. 가스레인지에 불을 붙인다. 몇 번씩 버튼을 돌렸지만 털컥거리는 소리만 요란하다. 불이 붙지 않는다. 냄비를 들어 레인지 위에 떨어진 물방울을 닦아낸다. 그리고 다시 버튼을 돌려 본다. 불은 켜지지 않는다. 밖으로 나가 부엌 뒤로 돌아간다. 가스통을 흔들어 본다. 가스통이 가볍다. 까치발을 들고 텔레비전 안테나를 올려다본다. 안테나에 앉아 구구구 혼자 울던 비둘기는 없다. 빈 안테나가 솟대처럼 서 있다. 가스통을 흔들고 들어와 다시 켠다. 불은 켜지지 않는다. 가스가 떨어진 것이다.

언제나 내게는 일들이 도미노처럼 하나가 엎어지면서 줄줄이 뒤를 치고 나자빠진다는 생각이 든다. 나자빠진다면 나자빠져도 좋다. 이왕이면 엉망진창으로 나자빠지는 게 좋을 것이다. 하지만 그렇게 끝을 보는 일은 나에게 일어나지 않는다. '끝=죽음'이라는 터무니없는 공식이 머릿속에 박혀 있기 때문일까. 끝이 나도록 내버려두질 못한다. 비둘기 소리를 잘 내던 그와도 끝끝내 끝이 나질 않는다. 끝내기는커녕 그가 어질러 놓고 떠난 방도 치우지 않은 채 그를 기다린다. 그가 왔을 때 새로 꺼내 놓았던 세숫비누가 종잇장같이 닳아빠지도록 그를 기다린다.

*

마음은 눈으로 보기 전에 있다는 말이 무슨 말일까.

겨울비 내리고, 어디선가 구구구, 비둘기 우는 소리가 들린다. 그에게 수없이 띄워 보낸 이메일이 겨울 철새처럼 날아오른다. 어디론가 편지를 띄운다는 것은, 아니 받지 않을 편지를 보낸다는 것은, 생사를 묻고자 전서구傳書鳩를 날려 보내는, 멀고 먼 고대의 일처럼, 애절하다.

새의 발목 같은 보낸편지함에 매달린 편지들은, 높이 날아도, 연이 아니기에, 줄이 끊어져 땅에 떨어지지도 않았고, 풍선이 아니기에, 터져서 허공으로 사라지지도 않았다. 언제나 '읽지 않음'인 상태로 차곡차곡 쌓여 가는, 편지들은 늪지의 철새들처럼 저희끼리 모여 섬을 이룬다. 나는 이따금 먼지 한 톨 내려앉을 수 없는 그 섬으로 비둘기를 날려 보낸다. 까마득한 침묵에 갇혀 버린 물음들을 만난다.

밥 먹었어?

잘 잤어?

몸은 괜찮아?

언제 와?

내가 그에게 보낸 소식도 이 물음이 전부고, 그에게 받고 싶은 답장도 이 물음이 전부다. 열리지 않는 그 물음은 차츰 기도문이 되었다. 나는 그 물음이, 달처럼 부풀어 올라 밤하늘 높이 떠서, 그가 다니는 어두운 길목을 비춰 주기를, 빌었다. 하지만 까만 글자들이 하늘을 날며 희디흰 달의 얼굴을 지우는 건 아닐까, 불안했다. 나는 돌아가지 않는 철새들을 쫓듯 '읽지 않음' 편지들을 한꺼번에 열어젖혔다. 그것들이 의미 없는 맹세의 얼굴임을 확인하고 모두 삭제시켰다. 편지들은 아무런 증표도 없이 사라져 버렸다.

이제 나도 긴 팔을 양껏 벌려 빈 화면 위로 날아오른다. 그런데 갑자기 몸이 움직이지 않는다. 가위에 눌린 것이다. 그가 떠나고 자주 있는 일이라, 나는 이 상황에서, 어떻게, 빠져나와야 하는지, 알고 있다. 가시에 찔리는 아픔, 무엇이든 촉감을 느껴야 살아나지만, 버둥대면, 늪이다. 죽은, 듯이, 힘을, 뺀다. 가느다란 숨결이 한 땀만 들어와도 나는, 화들짝, 목구멍에서, 숨을, 토하며, 깨어난다.

괜찮아? 무슨 비둘기처럼 구구대고 있어. 놀랐잖아.

정작 놀란 것은 나였다. 그야말로 비둘기 날개처럼 잿빛 수염이 덥수룩한 그가 내 어깨를 흔들어 대며 괜찮아? 괜찮아? 묻고 있었기 때문이다. 언제 왔어? 나도 모르게 그 물음이 가슴에서 푸드득 날아올랐다. 하지만 그는 못 들은 척 가슴 앞에 두 팔을 접고 아무 일 없었다는 듯이 다시 잠을 청한다.

그는 먼길을 떠돌다 나를 찾았고, 그때마다 내 모든 움직임은 그를 위해서만 열리는 자동문이 된다. 그가 오면 종잇장처럼 닳은 세숫비누를 휴지통에 던져 버리고 비누와 치약을 새것으로 꺼내 놓고 그가 좋아하는 싸리버섯과 번데기를 사러 시장엘 간다. 갈치를 굽고 콩나물을 무쳐 밥상을 차린다. 오랫동안 배낭에 쑤셔박혀 곰팡이가 핀 그의 옷을 삶아 빨고, 운동화를 빨아 말리는 동안 그는 몇 달 찍어 온 영상에 자막을 넣고 음악을 삽입하느라 편집실에서 날밤을 새운다. 떠나기 하루 이틀 전, 그는 꼼짝 않고 집에 틀어박혔다가 다시 배낭을 꾸린다.

"마음은 눈으로 보기 전에 있어."

"……"

"벽을 보고 있으면 만신창이가 된 내가 보여."

"몸은 시도 아니고 소설도 아냐."

"뭔지 모를 때 그렇게 말하면 되겠다."

고추장에 밥을 비벼 먹으며 선문답같이 한마디씩 내뱉는 그에게 나는 뭐냐고 묻는다. 말이라는 게 뭔가. 말은 존재감이 없다. 존재하는 것은 그가 어질러 놓고 떠난 방에 앉아 이제 이런 생활쯤은 익숙해질 때도 되지 않았느냐는 그가 남긴 책망뿐이다.

텔레비전 리모컨을 찾는다. 화면에 사막이 떴다. 낙엽 속에 숨어 있던 도마뱀이 지나가던 생쥐를 문다. 발버둥치다가 도마뱀의 아가리에서 벗어난 생쥐는 내달린다. 그 뒤를 도마뱀이 쫓는다. 도마뱀은 생쥐의 상처에서 나온 분비액을 쫓아간다는 자막이 뱀처럼 지나간다. 얼마 못 가서 도마뱀에게 물렸던 생쥐는 눈이 까맣게 타서 죽었다. 도마뱀이 턱이 빠지도록 주둥이를 벌려 죽은 생쥐를 삼킨다. 사막을 물결치듯 지나가는 뱀. 이른 새벽이면 자신의 살가죽에 맺힌 이슬을 받아 마시는 사막의 뱀. 사막 화면 위에 뱀처럼 자막이 지나간다. 채널을 돌린다. 세계적인 모델들이 그림 같은 옷을 입고 출렁거리는 걸음걸이로 화면 가까이 다가왔다 뒷모습을 보이며 사라지기를 반복한다. 반복되는 화면의 지루함이 안심을 가져온다.

텔레비전 화면이 흔들린다. 안테나가 흔들리나 보다. 바람이 부나 보다. 마침내 비가 오려나 보다.

0 혹은 1

그녀가 언제 사막의 모래바람으로 들어갔는지는 중요하지 않다. 무엇 때문에 스스로 사막의 미라가 되려고 했는지도 중요하지 않다. 다만 먼 훗날 자신이 세상으로 돌아오리라는 것을 확신한 것만은 틀림없다. 사막에서의 미라 발견은 더는 사람들의 흥미 대상이 아니지만, 굳이 미라가 되는 구시대적인 방법을 선택한 것은 그녀가 노리는 바가 있었기 때문이다.

마침내 사람들이 무엇이든 생각하면 그대로 만들어 낼 수 있는 시대가 왔다. 밥 대신 알약을 삼키다가 그것도 귀찮아 알약 업데이트 버튼을 누르면 눈으로 보기만 해도 배고픈 느낌이 사라지고, 투명 옷을 입으면 몸이 사라지고, 사람의 뇌를 꺼내 영양액 속에 담아 두면 몸이 통째로 사라져도 생각으로 살아 있을 수 있었다. 배고픔, 추위, 더위, 아픔, 외로움, 불안 때문에 괴로워서 몸부림치는 일은 더 이상 존재하지 않았다. 몸은 의식의 하수인일 뿐 모든 존재 가치는 의식으로

부터 시작하며 삶은 의식의 표출일 뿐이었다. 기어코 몇 세기를 걸쳐 애를 먹이던 몸에 대한 한을 풀었다. 이제 몸은 있어도 그만, 없어도 그만인 정도였다. 생명의 탄생? 죽음의 신비? 이제는 만화영화보다 더 시시해졌다.

시대가 시대인지라 미라가 되어 돌아오겠다는 그녀의 판단이 결코 엉뚱하다고 볼 수도 없었다. 세상 사람들이 의식을 살리기 위해 몸을 던졌다면, 그녀는 몸에다가 의식을 던져 보려는 시도인 미련한 생각에 승부수를 뒀다. 세상이 생각대로 돌아가는 시대에는 생활방식이 첨단일수록 옛것을 고집하는 부류가 있기 마련이었다.

그녀의 예측은 적중했다. 어느 이름 없는 자연 운동가가 자신의 블로그에 '사막에서 미라 발견'이라는 작은 사진을 올렸고, 그로부터 그녀의 출현은 시작되었다. 나무껍질같이 뼈에 말라붙은 그녀의 살갗을 찢어 DNA 검사를 의뢰하는 동영상이 올려져 있었는데, 그때까지만 해도 사람들은 별다른 흥미를 느끼지 못했다. 조회 수는 겨우 여섯 번 정도였고, 퍼가기 한 번이 기록으로 남아 있었다. 문제는 그 퍼가기가 된 다음부터다. 무슨 일인지 그녀를 설명하는 말과 글이 천파만파 퍼져 나갔다. 급기야 세상에 있는 말과 글이 오로지 그녀를 설명하기 위해서만 존재할 정도였다. 지나가던 개도 그녀를 말하고, 까마귀도 그녀를 말하고, 바닷속 고래도 그녀를 말하고, 무당벌레도 그녀를 말하고, 나무는 나무대로, 꽃은 꽃대로, 제각각 그녀를 말했다. 그렇다. 제각각 말하면서 우리는 그녀를 알 수 없게 되었고, 사람과 동물, 식물, 벌레, 새, 물고기 등 살아 있는 생물들은 서로의 말을 알아들을 수 없게 되고 말았다.

그런데

        철야 근무를 끝내고 새벽에 돌아오는 휴일이면 나는 의식을 치르듯 그녀가 남기고 간 네펜데스 미란다에게 먹이를 준다. 가늘게 찢은 오징어포 한 가닥을 조심스럽게 손끝으로 잡고 호리병처럼 길쭉한 포충낭 액체 속으로 밀어 넣는다. 그리마를 잘게 찢던 그녀의 가늘고 긴 손가락을 몸이 기억한다. 포충낭을 앞으로 기울이고 돋보기로 들여다본다. 어제 넣어 준 파리는 날개만 뜬 채 형체를 알아볼 수 없을 정도로 몸이 녹았다. 창자가 터져 누런 내장이 비죽 튀어나와 있다. 위장에서 소화되기 전 음식물을 토해낸 것 같은, 돋보기로 확대된 그것을 나는 한동안 내려다보다가 포충낭의 길이를 잰 다음 사진을 찍는다. 식충식물 동호회에는 올리지 않는다.

        그녀가 떠나고 나는 다시 혼자가 되었다. 이제 혼자가 되는 일은 밤이 지나고 아침이 오는 일처럼 일상이기도 하고 기적이기도 하다.

'나 잠수 타, 연락 안 될 거야.' 그녀는 느닷없이 사라졌다가, 사라지기 전과 똑같은 모습으로 환생한 듯 내 앞에 나타나기를 반복했다. 그녀가 있으나 없으나 나는 잠을 자고, 눈을 뜨고 깨어난다. 슬픔도, 우울도, 애절함도, 먹고 자는 일 앞에서 도저히 어쩌지 못하는 지독한 몸의 현장감이 기적이라면 기적이다. 나이 사십 줄을 넘어 오십을 바라보는 우리 세대는 누구나 관계를 마무리하는 방식이 따로 있기 마련이다. 결혼식이나 혼인신고와 같은 구식 절차를 무시해도 좋았기에 '밤편지'라는 제목을 달고 날아온 그녀의 마지막 문자로 우리의 관계는 마무리되었다.

밤편지ㅠ.ㅠ
이런 편지도 이제 다큐 속에서 향수를 자극하는 구닥다리가 되겠지? ㅋㅋ 새삼 왜 처음 당신과 쑥국새 소리를 듣던 산책로 아침이 생각나는지 몰라. 묘지 뒤편 천변 산책로 걸을 때 말야. 내 지하방 빼고, 당신 옥탑방 빼서 원룸으로 합치자 할 때 말야. 무엇이건 지금만 아니라면 좋다고 생각했지. 알잖아. 뭔가 바꾸지 않을까, 무조건 지금의 나와는 다른 무엇이 되지 않을까, 절실했어. 이 나이에 철없는 기대감 말야. 그런데….

책상 위에는 수건이 네댓 개 얌전하게 개켜져 있었다. 무릎 꿇고 앉기를 좋아하는 그녀가 그렇게 앉아 있는 것 같았다. 수건은 풀 먹인 것처럼 빳빳했다. 햇볕에 잘 마른 고슬고슬한 수건을 대해 본 게 얼마만인지 몰랐다. 냉장고에도 그녀는 머물러 있었다. 달걀을 넣는 칸에 달걀들이 가지런히 채워져 있었다. 삶은 달걀을 잘 먹던 그녀 입에서는 가끔 닭똥 냄새가 났다. 달걀은 뾰족한 부분이 밑이래요. 언젠가 그녀는 신기한 것을 발견한 듯 말했었다. 그리고 냉장고에 달걀을 넣을 때는 뾰족한 부분을 밑으로 놓는 것을 잊지 않았다. 찬장 안에는 참치캔이며 라면 등속들로 차곡차곡 키를 맞추어 놓았다. 물건들을 쌓아 둘 때 키를 맞추는 것도 그녀의 버릇이었다. 나는 수건들을 신문지가 널려 있는 바닥으로 집어던졌다. 모멸감이 견딜 수 없이 솟아올랐다. 키를 맞춰 쌓아 둔 라면이며 참치캔들을 주먹으로 쳐서 쓰러뜨렸다. 그리고 달걀을 집어던지려고 냉장고 문을 열었을 때였다. 내 손은 달걀 위에 얹힌 채 꼼짝할 수 없었다. 달걀들이 태아처럼 웅크리고 앉아 있다는 생각이 들었다. 빌어먹을. 나는 퍽 소리가 나도록 냉장고 문을 세게 밀었다.

그녀가 걸을 때마다 들리던 옷깃 펄럭이는 소리, 설거지할 때 그릇들이 부딪치는 소리, 낡은 나무 마루가 삐걱대는 소리, 낮은 소리로 머뭇대며 울먹이던 고백들. 절전 모드로 들어간 컴퓨터 화면처럼, 화면 가득 떠 있던 폴더들이 갑자기 사라진 것처럼, 소.리.가.사.라.졌.다.

그녀가 기록해 놓은 소리들이 사라짐. 아무 때나 흔들어 대던 열쇠 쩔렁거리는 소리, 간지럼 타는 것처럼 깔깔대던 웃음소리, 새벽 빗소리 같던 신음 소리, 엉덩이 푸른 반점처럼 창문에 얼어붙은 눈송이를 긁어내리던 소리, 요가 매트에 앉아 길고 가늘게 리듬을 타던 숨소리. 이 방이 낯섦. 세상이 낯섦. 나는 아무것도 할 수가 없음, 아침에 일어나 하늘을 바라봄, 무덤가에 있는 엄나무를 바라봄, 1층 할머니가 현관 입구에 널어놓은 도토리를 바라봄. 벽에 기대놓은 지팡이처럼 골목길을 바라보며 서 있곤 함. 내가 그녀를 지켜봐 왔던 시간들, 그녀가 나를 지켜봐 왔던 시간들도 사라지고 있음.

동안거다, 하안거다, 명상 아쉬람에 들어간다며 그녀가 수시로 잠수를 탈 수 있었던 건, 일이 있을 때만 기획자, 디자이너들이 모였다가 일 끝나면 바로 해체하는 독립 프로그래머였기 때문에 가능했다. 노예 프로그래머 해방 운동을 하는 것은 아니지만 그녀는 프리랜서라는 말을 질색해서 '독립 프로그래머'라고 여전사처럼 말하곤 했다. 그녀는 투입과 해체가 자유로운 독립 프로그래머가 되기 위해 이십대, 삼십대를 화장실 갈 때를 빼곤 컴퓨터 앞에 앉아 '월화수목금금금'의 시간을 보냈다고 진저리를 쳤었다. 야근 공화국에 걸맞은 야식과 폭식, 비만으로 무장하고 기계를 움직이기 위해 그녀는 기계처럼 일했다고 했다. 나는 그녀가 독립 프로그래머가 되기까지 쉬지 않고 일했음에도 왜 고시원 쪽방과 지하 단칸방을 전전하고 있었는지는 묻지 않았다. 그녀도 내가 멀쩡하게 대학 경영학과를 나와서 왜 빌딩 관리 경비 일을 하며 옥탑방을 못 벗어나는지 묻지 않았다. 어쩌면 우리가 원룸으로 합칠 수 있었던 것은 묻지 말아야 할 금기사항을 서로 알고 있다는 믿음이 계기가 되었을 것이다.

그보다 결정적인 것은 인터넷에 떠도는 지난 흔적들을 지우느라 디지털 장의사를 수시로 이용하고 있다는 것이다. 우리가 이미 주변

연락처를 쳐낸 소위 '인맥 거지'임을 확인하는 순간, 그녀는 어린아이처럼 열쇠 다발을 흔들며 내 목을 끌어안았다.

그녀는 엘리베이터도 없는 6층 원룸을 좋아했다. 이사 온 첫날, 원룸 입성이 경이롭다는 듯 그녀는 좁은 방안을 왔다 갔다 하며 혼잣말처럼 중얼거렸다.

"베니어 합판으로 막지 않았으면 옆방 숨소리가 그렇게 크게 들리지는 않지 않았을까? 고시원 쪽방 말이야. 지금은 왜 숨소리가 안 들리지? 타인이 이렇게 가까이 있는데 말이야."

"내가 좀전에 죽었나? 타인의 숨소리가 안 들려?"

나는 정리하던 책을 던져놓고 창문 앞에 서 있는 그녀의 허리를 끌어당기며 그녀의 귓불에 입술을 가져갔다. 그녀는 한순간 몸을 동그랗게 말며 애벌레처럼 알몸을 드러냈다.

방글라야. 스님이 아파서. 약도 떨어졌대서. 방글라데시에서 봉사활동 하는 그녀의 언니인 성수 스님 병시중을 들러 왔다며 그녀가 몇 장의 사진을 보내왔을 때, 나는 그녀가 이제 다시 그전처럼 나타나지 않을 것임을 직감했다. 거지꼴이나 다름없는 스님과 그녀가 눈만 커다란 아이들을 바라보며 웃는 모습, 약이 다 떨어진 빈 약상자, 흙먼지 날리는 시골 거리, 색종이를 얻으려고 몰려든 아이들 손. 그 몇 장의 사진 모두 어떤 한 순간 정점을 찍고 정지된 듯한 신비한 고요함이 느껴졌다. '그래, 운명이 이겼다!' 나는 소리쳤다. 하지만 소리는 목에 걸려 터져 나오지 않았다. 마치 그녀가 영적으로 높은 계층에 올라 갑자기 속세의

그런데

정을 거둬 버려 놀라기라도 한 듯, 나는 두 손을 모으고 그녀 앞에 머리를 조아리는 심정이 되었다. 사진 속의 그녀가 그런데… 할 때처럼 슬퍼하는 눈을 보았지만 왜 그런지는 알 수 없었다.

　그녀와 앉았던 소파 겸용 접이식 침대와 아일랜드 식탁, 벽에 걸린 액자, 향꽂이가 있는 화장대와 그 앞에 깔린 요가 매트, 벽 쪽에 쌓아 놓은 책더미, 그리고 창문에 걸어놓은 포충낭이 한 개 남은 네펜데스 미란다까지 그녀가 떠나기 전 그대로다. 그녀가 늘 그랬듯이 환생한 듯 돌아오리라, 나는 믿고 있는 것일까. 그녀의 물건은 곧 그녀의 삶이었고, 주인을 잃은 물건들을 나는 무덤 속 부장품처럼 끌어안고 스스로 순장하고 싶은 것일까.

　"쌀을 대여섯 번쯤 씻어 버리고, 뜨물이 안 나오면 밥을 안치면 돼. 손을 여기에 넣어 봐."

　늙은이처럼 왜 밥물 보는 법을 가르쳐 주는지 나는 차마 묻지 못했었다. 나는 그녀가 알려준 대로 쌀을 씻고, 냉장고 문을 여닫고, 세탁기를 돌리고, 밀대로 물걸레 청소를 하고, 화분에 물을 준다. 그런데… 그 소리들이 낯설다. 내가 그녀와 똑같은 소리를 내며 움직여도 '이건 그녀가 내는 소리가 아냐'라고 내가 내는 소리를 소음인 듯 귀를 막고 있는 존재들이 있다. 혼자가 되고 난 뒤에야 느낄 수 있었다. 가구들이, 식기들이, 요가 매트와, 노트북, 네펜데스 미란다가 그녀가 몸을 움직일 때마다 그 소리에 귀를 기울여 주고 있었다는 것을. 나뭇잎이 자신이 존재한다는 신호를 먼 우주로 내보내고 있는 것처럼.

　하루가 또 저물고 있다. 혼자 있어도 내 생활은 이따금 일렉트로

마트를 돌아보는 정도 외에는 특별히 달라진 게 없었다. 그녀가 없는 무력감을 나는 혼자서도 아무렇지 않다는 듯이 견디고 싶었다.

소위 핸드폰과 리모컨만 있으면 굶어 죽거나 지루해 죽지는 않는다고 하지 않는가. 옥탑방 시절의 홀로 뒹굴 수 있었던 쾌감도 맛볼 수 있었다. 앉은 자리에서 밥 먹고, 텔레비전 보고, 간간이 번개처럼 스마트폰이 반짝거리고, 개 짖는 소리도 평화롭게 들린다. 하루 내내 말 한마디 없이 지나간다. 위장된 평화와 그녀의 살림살이 부장품이 가득 들어찬 무덤 속에서 나는 죽어서도 살아 있다. 그녀가 남긴 '그런데'와 '말없음표'로 무덤의 적막을 견딘다. 마룻바닥에 떨어진 서향 빛을 바라보며 아무것도 원하지 않을 늙은 나를 떠올린다. 전자기기가 웅웅거리는 소리도 은하수가 흐르는 소리로 들려오는 이 방의 풍경을 바라보며 꾸벅꾸벅 졸다가 마침내 다시 깨어나지 않는다면 사람들은 이 죽음을 고독사라고 할까.

부엉이를 부르고 싶다. 은둔자를 부르고 싶다. 그녀가 끌어당기는 '그런데…'를 탈출하는 상상을 한다. 사람들은 왜 알면 알수록 멀어질까? 마음은 왜 다가가면 갈수록 오리무중이 되어 버리는 걸까. 왜 고통은 삼켜야만 되는 거지? 도피로는 불안을 어쩌지 못하잖아. 불안이 삶이라고 말하던 성자들은 다 어디로 갔을까. 문제는 이제 아무도 하지 않는 이런 낡아빠진 질문을 내가 하고 있다는 거잖아. 언제부터인가 나는 홀로 나를 가두어 놓을 때에 말을 하기 시작한다. 혼자 묻고 혼자 대답한다.

내가 천변 자전거 산책로를 걷고 있을 때는 햇살이 퍼지기 시작하는 아침녘이었다. 산책로를 사이에 두고 한쪽은 천주교 공원묘지 뒷산이고 개천 건너편은 고속전철이 지나는 철도와 외곽으로 통하는 고속도로가 높은 산처럼 마주 보고 있다. 묘지 뒤쪽인 북향은 오래된 떡갈나무와 바위들로 가려져 무덤은 보이지 않는다. 산책로는 오고 가는 사람들과 자전거들로 북적였다. 빈둥거리는 어른들 사이로 앞질러 뛰는 아이들, 무서운 속도로 내리막길을 달리는 자전거, 목줄을 팽팽하게 당기며 땅바닥에 코를 박는 강아지들, 쿵짝쿵짝 춤추듯 뽕짝 리듬에 맞춰 잰걸음으로 제자리걷기를 하는 할머니를 지나치며 걷는다. 모두 어디로 향하는지 걷는다.

나는 벤치에 신문지를 깔고 앉아 디지털 장의사 상담 게시판을 들여다본다. 이상하게도 집 안에 혼자 있을 때보다 북적이는 사람들 속에 있을 때 내가 혼자라는 생각이 깨어난다. 그러곤 알 수 없는 적막에 휘감기고 만다. 주변의 소리가 점차 멀어지다가 희미해진다. 때론 몸이 없어지고 소리 없는 영상이 흐르듯 현실감을 잃어버리는 때도 있다.

다만 매달린 북 같은 지는 해를 바라보아
점점 눈앞에서 있듯이 분명히 보아야 한다.

나를 벗어나 다른 세계에서 읊조리는 내 목소리가 들렸다. 그 소리는 내게 그녀의 '그런데… 그런데… 그런데…'를 계속 말하고 있다는 느낌이었다.

나는 천변 아래로 내려갔다. 꼭 그곳에 가야만 하는 목적이 있는 것도 아닌데 개천 징검다리를 향하는 발걸음을 멈출 수가 없었다. 막상 천변 아래로 내려서니 개천은 물살도 세지 않을 뿐 아니라 징검다리 돌도 크고 넓어서 안전해 보였다. 나는 징검다리를 한 발 한 발 딛고 개천을 건너갔다. 개천 건너편은 뜻밖에도 나무들이 울타리처럼 둘러쳐진 안쪽으로 누군가 일궈 놓은 채소밭이 있고, 몇 가지 운동기구들이 있는 운동장이었다. 그곳에도 한 무리의 사람들이 수레바퀴 같은 둥근 핸들을 잡고 팔을 돌리고, 자전거를 타고, 철봉에 매달려 땀을 흘리고 있었다. 나는 비어 있는 그네에 올라섰다. 종아리와 허벅지에 힘이 들어가며 뻣뻣하게 긴장했다. 발이 땅에서 떨어지는 불안을 몸이 기억한다. 나는 손잡이를 꽉 잡고, 있는 힘껏 발을 굴렀다. 그런데…, 그런데… 그런데…, 그녀가 내 귀에 대고 아주 가까이에서 말하는 소리가 들렸다. 이 소리를 내기 위해 온 우주가 돕고 있는 거야. 나는 그네에서 내려왔다. 다리가 후들후들 떨렸다. 어느새 해가 중천이었다.

그런데

나의 살던
고향은

언제쯤 내가 알고 가는 정거장 이름이 나올까. 또다시 전동차 문이 열렸다. 문 앞에서 기다리던 사람들이 후두둑 소나기처럼 밀려 들어왔다. 빈자리가 메워지고, 그들은 앉자마자 스마트폰을 꺼내 들었다. 마치 빠진 나사 하나를 가볍게 껴 넣은 듯 불과 몇 초 사이에 소란은 정리되었다. 다음 역까지 삼사 분 거리를 가는 동안 전 정거장에서와 똑같이 반복되었다. 나는 낯선 곳에서 시간을 때워야 할 때처럼 무릎 위에 책을 펴놓고 건성으로 눈길만 주고 있었다. 또다시 낯선 정거장 이름이 들리고 곧이어 전동차 밖이 환해졌다. 내가 알고 있는 정거장이 아닌 걸 알면서도 나는 마치 내려야 할 곳을 놓친 것처럼 조마조마하게 전철문을 바라보았다.

"그 사람 갔어, 선배."

나는 그 말이, 그 사람 꿈을 꿨어. 정말 생생하게 그 사람을 까맣게 잊고 있었는데 그 사람이 왔어, 하는 말로 들렸다. 마지막까지 남편의 산소호흡기를 떼지 못하게 울부짖던 후배는 마치 잠에서 깨어나 꿈을 꾼 이야기를 하는 것처럼 별일 아니라는 듯 그녀의 남편 부음을 알려 왔다. 후배가 알려준 장례식장은 전동차로 갈 수는 있지만 동쪽 끝에서 서쪽 끝으로 가는 먼 거리였다.

전동차 문이 닫히고, 빛이 모였다가 허물어지는 동안 내가 손쓸 일은 아무것도 없었다. 정거장에 전동차가 멈출 때마다 내가 알고 가는 정거장 이름이 아니라는 이유만으로 나는 수인처럼 꼼짝없이 끌려가는 기분이었다. 후배 남편이 떠날 때도 그녀가 손쓸 일은 아무것도 없었을 것이다. 그녀는 남편의 손을 놓아 버린 빈손을 어쩔 줄 몰라 나에게 전화를 했을까. 후배 남편이 산소호흡기를 달고 병실에 누워 있는 동안 그에게는 무슨 일이 일어났을까. 아무 일도 일어나지 않았다고 할 수 있을까. 아니 무수히 많은 일이 일어났다고 할 수 있을까. 침묵 속에 묻혀 버린 자질구레한 일상이 모래 더미로 쌓이면서 후배의 남편은 무한과 영원을 알게 되었을까. 이 모든 의문이 한가한 잡담으로 여겨지게 되었을까. 대체 지금 어디쯤 가고 있는 걸까. 저세상의 후배 남편도 생전에 보지 못한 낯선 차를 타고 나처럼 내려야 할 곳을 초조하게 기다리고 있을까.

전동차는 정거장마다 매번 섰고, 낯선 정거장 이름이 하나, 둘, 불려 나가 사라졌다. 전동차가 한군데서 뱅글뱅글 맴도는 것도 같았다. 이 세상에 모르는 일처럼 불안한 건 없다. 무대의 막이 오르길 끝없이 기다리는 배우처럼, 눈을 뜨고 아내의 이름을 불러 줄 남편을 끝없이 기다리던 후배처럼. 시간이 점차 흐르면서 낯선 정거장 이름도, 내가 쥐고 있는 정거장 이름도 흐릿해져 갔다. 언제 문이 열리고 닫히는지도 모른 채 왼편 옆자리에 앉았던 아줌마가 내리고 곧바로 젊은 남자가 그 자리에 앉았다. 남자가 앉자마자 그의 손에 들려 있던 스마트폰에서 찰 칵 하는 카메라 셔터 소리가 들렸다. 나는 보고 있던 책을 그대로 펼쳐 둔 채 남자의 스마트폰으로 눈길을 가져갔다. 바로 앞자리에 앉은 세 사람이 화면에 찍혀 있었다. 가운데 흰 바지를 입고 앉은 남자를 겨냥 한 듯 남자는 흰 바지 남자의 양쪽에 앉은 여자를 잘라내려고 화면을 이리저리 움직이고 있었다. 흰 바지 남자 양옆의 여자 둘은 자신도 모 르는 사이에 누군가의 화면에 찍혔다가 잘려 나간 사실을 안다면 무슨 일이 일어날까. 그런 일이 그 두 여자에게 무슨 영향이 있을까. 아무것 도 모른 채 무표정하게 앉아 있는 사람들처럼 나도 무심한 듯 책 속의 글자들을 읽어 내려갔다. 나도 모르게 오른편에 앉은 여자가 보고 있는 노트북으로 눈길을 던졌다. 회사원으로 보이는 30대 초반의 여자는 노 트북을 펼치고 소설을 읽고 있었다. 나는 조금 전처럼 눈만 돌려 그녀 가 보고 있는 화면을 읽어 내려갔다.

"나는 죽음이다?"
"좋아요…. 나는 비슈누, 세계의 파괴자다, 라는 말보다 더 무시 무시하네요."
젊은 여인은 로버트 오펜하이머가 최초의 원자폭탄 실험 당시에 한 말을 인용하고 있었다. 기다란 부리가 달린 가면은 흑사병 감염자를 치료하는 중세의 의사들이 병원균과 자신의 코 사이에 최대한의 거리를 확보하기 위해 쓰던 가면이었다.

여자가 손가락 끝으로 다음 장으로 넘기며 나를 힐끔 바라보았다. 나는 내내 책에서 눈을 떼지 않았다는 듯 천천히 책장을 넘겼다. 연결도 되지 않는 전혀 다른 장면을 나는 몰입하고 있는 것처럼 단숨에 읽어 내려갔다. 책 속 주인공이 그녀의 첫사랑이 죽은 바닷가를 찾아가는 장면이었다. 상처받은 사람들을 위로해 주는 가벼운 힐링 책쯤으로 알고 있었는데 죽은 사람을 찾아가는 장면이 좀 엉뚱하다는 생각이 들었다. 그 엉뚱함은 나에게도 전염되었다. 전동차에 앉은 사람들 모두 누군가 마지막 가는 길을 배웅하러 가는 사람들같이 느껴졌다. 나는 전동차에 실려 가는 사람들에게 내가 읽고 있는 책 속의 글을 읽어 주고 싶었다.

슬픔도 교환할 수 있을까. 죽음은 자연에 숨어 있다가 솟아오르면서 자신을 드러내는 꽃을 닮았다. 구리가 나팔이 되듯이.

나는 화들짝 놀라 책을 덮었다. 나팔 소리처럼 마침내 내가 알고 있는 정거장 이름이 들려왔다. 나는 책을 가방에 넣고 벌떡 일어나 출입문 앞에 섰다. 문이 열리고 나는 내렸다.

"5번 출구로 나와서 쭉 걸어 내려와요. 300미터쯤 오면 장례식장이 보여요."

후배가 알려준 출구 번호를 따라 지하 밖으로 나왔다. 밖은 이미 어두워져 있었다. 지하의 수많은 정거장을 지나온 먼길과 상관없이 출구는 사방으로 나 있었다. 내가 나온 쪽은 건물 하나 없이 산등성을 끼고 가는 길이었다. 사거리에는 차들이 그리 많이 다니지 않았고, 높은 건물도 보이지 않았지만 간간이 보이는 가로등 불빛이 흐릿하게 흐르고 있었다. 5번 출구는 사거리에서 가장 어두웠다. 나는 300미터 거리가 몇 걸음쯤 될까, 생각하며 천천히 걸음을 옮겼다. 조문 가는 길이니 예식장처럼 시간이 정해진 것도 아니어서 시간에 쫓기지 않는 게 다행이라면 다행이었다. 시간을 쓸 수 없는 죽음이 산 사람들에게 마지막 배려라도 해주는 느낌이 들었다.

낯선 정거장 이름처럼 다시 300미터라고 하는 가늠할 수 없는 거리 앞에서 나는 또다시 어디로 가는지 몰라 불안했다. 얼마쯤 가야 5번 출구에서 300미터 앞에 있다는 장례식장을 보게 될까. 내가 상상할 수 있는 거리는 얼마나 될까. 내가 상상할 수 있는 풍경은 어디까지일까. 설사 살아 있는 내가 저세상의 거리와 저세상의 풍경을 상상한다고 해도 그것이 무슨 의미가 있을까.

근처에 절이 있는지 초파일 연등이 가로수를 따라 걸려 있었다. 아직 불도 켜지 않은 채 어둠 속에서 흔들리고 있었다. 집도 절도 나오지 않는 길을 버스정류장으로 한 정거장 걸어오니 멀리 산모퉁이처럼 보이는 곳에 불빛이 보였다. 직감적으로 출구를 잘못 나온 게 틀림없다는 생각이 들었다. 나는 전화를 걸까 하다가, 장례식장에 전화벨이 울리면 어쩌나 해서 그만두었다. 일단 불빛이 나오는 곳까지 걸어가기로 했다. 길 건너편도 사정은 마찬가지여서 인가가 없는 낮은 산등성이가 커다란 짐승이 웅크려 앉아 있는 것처럼 보였다.

연등은 산모퉁이에서 꺾어져 산길로 이어졌다. 산길로 올라가면

절이 있겠지만 길에서는 보이지 않았다. 불빛은 주유소에서 나온 것이었다. 주유소는 한가했다. 빨간 유리문이 달린 주유소는 사진에서 본 이국적 느낌이 나는 가게였다. 주유기를 사이에 두고 네모난 유리방에 남자 둘이 마주 보고 앉아 있었다. 나는 장례식장을 물어 보려고 했지만 망설여졌다. 캄캄한 밤중에 갑자기 여자가 나타나 장례식장을 못 찾아 길을 묻는다면 그들이 마치 귀신을 만난 것처럼 당혹해할까 봐 멈칫거렸다.

주유소 남자는 내 염려와 달리 유리방 문을 열어 고개를 내밀며 장례식장 가는 길을 친절하게 알려주었다. 내가 300미터로 알고 걸어왔던 길로 되돌아가서 5번 출구 반대편으로 길을 건너라고 했다. 건널목을 건너서 누군가에게 한 번 더 물어 봐야 찾을 수 있는 골목길이라는 말까지 덧붙였다. 나는 주유소 남자가 일러 준 대로 건널목이라는 이름을 쥐고 오던 길을 향해 뒤돌아섰다. '300미터'보다 '건널목'이라는 말에 왠지 불안한 마음이 누그러졌다. 건널목이 보이는 곳에 거의 다다랐을 때 주머니 속에 넣어 두었던 휴대전화가 부르르 떨며 깨어났다.

"벚꽃 때메 미치겠어."

후배의 전화일 거라 생각했는데 장터에서 식당을 하는 동생 전화였다. 동생은 전화 받는 사람이 누구인지 확인도 없이 다짜고짜 소리부터 질렀다. 나는 언뜻 '그놈 때문에 미치겠어'라고 들린 것 같아 가슴이 덜컹 내려앉았다.

"벚꽃이 어쨌다고?"

'그놈' 대신 벚꽃이라고 했지만, 내 목소리는 이미 '그놈이 또 날랐니?' 하는 걱정이 묻어 있었다.

"날이 갑자기 더워져서 말이지. 벚꽃 축제는 아직 일주일이나 남았는데, 꽃이 벌써 다 져버렸어. 은어튀김 팔려고 잔뜩 받아놨는데, 날씨가 왜 이런데? 정말 미치고 펄쩍 뛰겠어."

동생이 미쳐 펄쩍 뛰든 말든 나는 갑자기 배가 고팠다.

"이 세상에서 큰일은 배고픈 거뿐이야."

나는 건널목 신호등이 바뀌길 기다리며 동생이 푸념하는 소리에 대고 빠르게 읊조렸다.

2

지금산에 사는 벽려씨

지금산에 사는
벽려씨

지금산 암자에 일가를 이루고 사는 벽려씨를 안 지는 그리 오래되지 않았다. 그의 아명은 덩굴이며, 호는 벽려薜荔다. 길게 퍼지거나 다른 것을 감아 오른다는 뜻이다. 벽려씨 선조는 울울창창 큰 나무를 타고 오르는 귀재로 초楚나라 솔왕을 만나 벼슬을 구했으며, 솔왕의 신망을 한몸에 받았다. 초楚나라에는 솔왕의 고고한 기품을 유지하기 위한 고뇌를 견뎌낼 자가 없어서 아무도 그의 곁에 오질 않았으나, 벽려씨 선조들은 마치 한어미에서 태어난 자손처럼 정이 도타워서 잠시도 떨어지지 않았다.

그는 말년에 이름을 감추고 주酒나라에 들어가 장렬하게 전사했는데, 이는 솔왕의 늘푸른 정신을 세상에 전하기 위함이었다. 솔왕은 충정의 보답으로 그의 후손들을 돌보아주었고, 후손들 역시 솔왕의 숭고한 향기를 세상에 전하는 일에 조금의 의심도 없이 주酒나라에 목을 내놓았다. 지금도 주酒나라에 가면 시대와 맞선 자, 시대를 거스른

자, 시대를 비껴간 자들이 선조 신위를 모신 사당에 둘러앉아 주거니 받거니 '화왕花王 경전'을 읊어대며 그들의 영웅담을 되새기고 있다 한다.

대대로 화왕의 나라를 돌아보면 작약은 화왕과 함께 죽고, 대는 겨우 절개를 지켰으며, 매화는 버림을 받고, 다만 국화는 홀로 화난을 면하였다고 하나 다茶나라 은둔자가 되었다고 하니, 화花나라의 부귀영화도 열흘 꿈속 일이다. 강한 자는 공격을 잘하고 약한 자는 지키지 못하느니 의지하는 삶의 부끄러움을 잠시 참고 이름을 남겨라.

초草나라인들은 하늘을 향해 굵은 줄기를 곧게 세우고 동서남북 방향이 뚜렷한 해의 길을 따르는 생을 사는데 같은 초나라인임에도 벽려씨 일가는 방향 없이 어디든, 곧게 올라간 다른 몸을 휘감거나 붙어서 올라간다. 땅을 딛고 선 꼿꼿한 줄기 하나 없이도 기민하고 맹렬한 걸음으로 길 없는 길을 간다. 그것은 무성하고 영화로웠던 과거는 과거로 묻어두고 혼돈과 무질서를 선택한 자들에게만 보이는 길이었다.

어느 날 벽려씨에게 혼돈과 무질서의 길을 가는 묘수를 물었다. 답은 싱겁다는 말이 싱거울 정도로 간단했다. 자신의 존재감을 포기하고 무슨 일이 있어도 휘감을 것을 잡아내야 한다는 의지 하나면 충분하다는 것이다. 한마디로 그만큼 바닥에서 오랫동안 몸부림쳤다는 뜻이라고 했다. 살아 보고자 하는 몸부림은 몸의 변태를 초래했으나 그들의 의지를 꺾을 수는 없었다. 그들은 손안에 가시와 흡판 같은 무기는 물론 끊어질 듯하면서도 앞을 감아올리고 동시에 뒤를 잇고, 끌어당기되

힘을 낭비하지 않는, 길 없는 길을 보는 비법이 총총히 들어오도록 몸체를 줄였다. 손안에 들어온 무기는 가보지 못한 세상을 볼 수 있다는 의지 하나면 못 이룰 것이 없었다. 아무리 높은 정신도 그것을 휘감기만 하면 얻지 못할 지혜가 없고, 아무리 넓은 세상도 뻗어 나가기만 하면 보지 못할 세상이 없었다.

포도덩굴손은 신神나라 주왕酒王이 머리에 쓰고 다닐 만큼 각별한 사랑을 받았고, 호박덩굴손은 요리사가 되어 솥을 짊어지고 인人나라 탕왕湯王에게 다가가서 힘을 다해 농가에 이름을 올리며 대대손손 부를 누렸다. 벽려씨의 가까운 조상 담쟁이손은 성실함과 스스로 몸을 낮추는 겸손함으로 척박한 담벼락에 붙어 사는 기술을 터득하여 인人나라 성에서 귀족의 삶을 살았고, '마지막 잎새'는 생명을 구한 의지의 초인으로 모르는 이가 없었다.

이런 선조의 음덕으로 벽려씨는 물론 그 자손들은 하나같이 다른 세상에 자신의 몸을 걸어 햇빛을 고루 받고 바람에 흔들려도 위태롭지 않으며 흔들림을 즐길 줄 아는 풍류객으로 살고 있었다.

덩굴손을 위로, 위로, 더 높이, 더 멀리 휘감아 올라가면 그 어느 녹색 군자보다 햇볕을 즐기며 손안에 들어온 세상을 굽어볼 수 있다. 벽려씨의 덩굴손이 갈팡질팡 허공을 맴돌면 곧 그가 기이한 세상을 보았다는 신호다. 의지하던 지팡이를 내던지는 순간, 처음 맞이하는 침묵은 두려운 법이다. 탄성을 내지르지 않을 수 없는 것이다. 이를 제일 먼저 산새들이 알아차리고 구름같이 모여든다. 지나가는 소나기도 날개를 접고 거꾸로 매달려 눈을 반짝인다.

벽려씨 일가 이야기가 손에 손을 잡고, 줄에 줄을 잡고 퍼져 나가자 어떻게 알고 왔는지 풍선초동자風船草童子들이 모여들었다. 풍선초동자는 지금산 암자의 노장老丈 자미화 부인이 새로 데려온 아이들이었다. 풍선초동자들이 연둣빛 복주머니를 흔들며 재잘대자 벽려씨는 흥이 난 듯 그의 문중에 방외지사로 사는 덤불가의 이야기도 들려주었다.

만물은 모두 물로 이루어지고 깊은 어두움에 휩싸여 있던 시절이었다. 해와 달도 알지 못하고, 낮과 밤도 알지 못하고, 한 달과 보름도 알지 못하며, 일 년이 가는 것도 알지 못한다. 남자와 여자도 알지 못하고, 혼돈은 오직 혼돈이라고 불렸을 뿐이었다.

이 세상에 소리가 생겨나기 전이라 빛으로 말을 하는 '광음천'에서 혼돈이 사라지고, 버섯류가 사라지자, 덩굴풀류가 문으로 세상을 어지럽히고 무로써 법을 어긴 시절이었다고 한다. 초草나라인들은 천둥으로 호령하고 번개칼을 휘두르는 도道나라 군사들을 크게 두려워하였는데, 특히 혼돈과 무질서를 신앙하는 덤불가가 제일 먼저 화를 당했다. 그들은 문무 생태계 공공안녕을 문란케 하는 주범으로 몰려서 일가를 이룰 만하면 몰살당하기 일쑤였다.

저들 불한당들은 땅을 가려서 밟지도 않고, 때가 되지 않았는데도 아무데나 기어오르고, 구름이 어떻고 안개가 어떻고 하늘길을 아는 양 떠들어대는 소리 또한 시종 종잡을 수 없고 일반적인 이치에 맞지도 않는다. 기억력이 좋고 약삭빠르기 그지없어 스스로 설 수도 없으면서 빛을 굴리고 빛을 휘감고 빛을 이어 나르고 빛을 공중그네에 매다는데, 그 놀라운 재주에 모여든 벌떼, 나비떼, 새떼들을 희롱한다. 그리고 하늘과 땅이 만들어지기 전의 멀고 먼 혼돈을 따르라고 선동한다. 그들은 엉거주춤 휘감기는 척하다가 꼭대기에 이르면 의지했던 자를 밟고 올라서 버리는 기회주의자들이다. 저들을 그냥 두고 본다면 누가 하늘의 도를 믿겠는가.

도道나라의 창창蒼蒼한 호령에도 영원한 반란을 꿈꾸며 길들지 않은 부류들은 초야에서 영토도 없이 스스로 왕으로 칭하였다. 반란을 주도한 덤불은 출신이 미천했지만 하夏나라를 정벌한 뒤로 세력이 걷잡을 수 없이 뻗어 나갔다. 혹독한 시련을 이겨내고 살아남았기에 잠도 안 자고 뻗어 나가는 자신들의 혈통의 근성을 충실히 키워 나갔다. 그리고 마침내 세상을 뒤덮어 버리는 세력을 과시하기에 이르렀다.

우리는 이미 수억만 겁 전에 직립보행의 유혹을 뿌리치고 우리의 운명을 결정했다. 우리는 이성적인 하늘의 복종에 길들지 않았고, 우리 나름대로 자유롭게 행동하며 게걸스럽고 뻔뻔하게 산천을 지배해 왔다. 지금까지 쉼 없이 달려왔다. 여기서 멈출 수 없다. 강한 자는 살아남고, 약한 자는 지키지 못한다.

하지만 덤불은 빠른 속도감에 중독되어 점점 더 사치스러워지고 점점 더 교만해지고 점점 더 사소해지고 약간씩 미쳐 갔다. 걸고 올라갈 다른 몸이 없으면 제 살끼리 똬리를 틀고 올라갔다. 이윽고 세상이 덤불로 뒤덮이자 땅을 딛고 반듯하게 일어서는 자들이 멸종하기에 이르렀다.

오호, 어찌해야 좋단 말인가, 진실로 어찌해야 좋단 말인가.

종말이 다가오면 두 부류가 생겨난다. 한 부류는 신앙하던 경전을 모두 싸안고 동굴에 숨어 비전을 만든다. 다른 한 부류는 목이 터지도록 종말을 알리고 죽음을 불사한 각성으로 맞불을 놓는다.

게으름을 찬양하는 시기에 우리는 급성장했습니다. 덩굴손을 뻗는 것이 생존에 필요한 일이긴 해도 삶의 목적은 될 수 없지 않습니까? 일찍이 우리는 바닥에서 수없는 몸부림을 쳐왔습니다. 그리고 마침내 의지할 곳을 찾아 덩굴손을 뻗기 시작했습니다. 그러나 최선을 다한 결과는 몰살과 기회주의자로, 다른 초인草人을 등쳐먹고 산다는 수모를 면하기 어려운 지경에 이르렀습니다. 우리의 덩굴손을 무언가 휘감기 위해서, 타고 오르기 위해서 뻗는 게 아니라 우리도 이제 두려움을 떨치고 의지가지없는 허공을 향해 손을 내밀어 봅시다!

지금산 암자로 쫓겨온 덤불 무리를 노장老丈 자미화 부인은 갓난아기처럼 보듬어 안았다. 노장은 하늘의 규범을 따르는 자들은 그에 맞게, 혼돈을 따르는 자들은 또 그에 맞게 거처를 마련해 주었다. 무릇 세상이 돌아가는 이치는 상생과 상극의 조화라는 노장의 큰 뜻을 아는 자 없었지만, 신비하게도 덤불 무리는 뱅뱅이 덩굴손을 스르륵 풀어 버리고 몰아쉬던 숨을 가다듬었다. 이 또한 그들의 선조들이 그러했던 것처럼 덩굴손의 살아남으려는 몸부림으로 몸의 변태가 일어나는 순간이었다. 그 뒤로 지금산 암자에는 홀로서기를 작심하며 스스로 덩굴손을 자르거나 스스로 하늘에 잎을 올리길 꾀하는 무리가 일가를 이루게 되었다.

벽려씨 일가의 숨은 비화는 계사년 백중날 암자에 새로 들어온 담장 밑 풍선초동자風船草童子가 부풀려 이야기한 것을 공양전 굴뚝 아래 유홍초행자留紅草行者가 기록하여 세상에 퍼트렸다.

심청이 연꽃

아빠 심봉사가 엄마 곽씨 부인을 땅에 묻고 돌아왔을 때,
나는 태어난 지 삼칠일도 지나지 않았다. 나의 존재감은 울음소리뿐이
었다. '응애!' 하고 목청을 뚫고 나온 내 울음소리에는 수많은 생애가
압축되어 있어 어른들은 알아듣지 못한다. 어른이 되기 위해서 신생아
울음을 버렸기 때문이다. 말하자면 내가 '응애!' 하고 울 때 우주의 초
월적 신성과 연결되고, 내가 잠이 들면 신은 내 눈과 귀를 가지고 세상
뿐만 아니라 사람들 마음속까지 다 보고, 다 들을 수 있다.

"워따워따, 나무떼기는 어따가 떵게불고 앞도 안 뵈는 양반이 시방
저라고 댕긴다요."

"돌팍에 나자뿌라져 부렀는가. 심봉사 나빠닥이 겁나게 거시기해
부네."

"어째야쓰까잉? 먼 놈에 팔자가 저러코롬 징해분다냐. 워메. 짠혀.
워메. 깝깝시러부러."

엄마를 땅에도 묻고, 가슴에도 묻은 아빠는 지팡이도 없이 엎어지고 자빠지며 헌신짝 같은 몸을 끌고 겨우 집으로 돌아왔다. 향 내음, 쑥 내음만 진동하는 방안을 기며 아빠는 두 손으로 무엇을 찾듯이 휘젓고 더듬거렸다. 아마 엊그제만 해도 자리를 보전하고 누워 있던 엄마의 흔적을 찾는 것 같았다. 왜 안 그렇겠는가. 아빠는 엄마의 숨소리라도 잡고 싶은 심정일 것이다. 허나 그것도 잠시, 앉았다가 일어났다가 안절부절못하는 아빠의 실성발광은 차마 눈 뜨고 못 볼 지경이었다. 가슴을 치다가 문갑이며 책상을 둘러엎고 메치고 방안 살림살이를 닥치는 대로 팽개치는가 하면, 엄마가 쓰던 수건이며 머리빗과 빗 꼬챙이, 뒤꽂이 등속이 들어 있는 빗접을 끌어안고 울부짖다가 와그르르 쏟아 엎어 버렸다.

아빠가 왜 집안 살림살이를 집어던지며 우는지 솔직히 나는 이해할 수 없었다. 다만, 내가 우는 거로 신과 통하듯이 어쩌면 앞이 안 보이는 아빠가 신을 부르는 몸부림일지도 모른다고 짐작할 뿐이다. 벽을 치며 우는 통곡 소리는 깊은 산속 올무에 걸려 우는 짐승 소리 같았고, 실신한 듯 흐느끼는 소리는 죽은 암컷 곁을 하염없이 맴도는 저— 동해 귀신고래 울음소리 같았다.

"임자, 임자, 으디 있당가? 으디 가부렀소? 워메, 환장하다가 미쳐 불겄네. 미쳐 부려. 오살허고, 내가 디저야 헌디, 하늘도 무심허지. 머 땜시 쎄똥빠지게 고상헌 죄없는 임자를 데려갔능가 말이시. 오메, 내는 인자 어떠코롬 산단 말이여. 구신들은 모다 뭘 허냐, 날 데꼬 가분저라."

"봉사님, 몸할라 안 좋은디, 으째 이래싸쏘. 그란다고 죽은 사람이 살아온답디요? 이 퇴깽이 같은 아그를 봐서라도 너무 거시기하지 마시랑께요."

엄마의 장사를 치르는 동안 진사댁 젖어멈인 귀덕 어미가 나를 맡아 주고 있었다. 귀덕 어미는 진사댁 아기에게 젖을 주고 난 뒤에 귀덕이보다 나에게 먼저 젖을 물리고 맨 나중에 귀덕이에게 남은 젖을 주었다.

"거, 귀덕넨가 부요? 오메 오메 우리 강아지 으데 있소. 우리 강아지 까마득히 이자뿌리고 있었소. 애기 보느라 욕봤지라?"

"참말로 어짜거쏘. 아그는 암껏도 모르고 요로코 잘 잔당께…."

"그라제, 그라제, 우리 강아지 봐서라도 시방 내가 이러고 있을 정신머리가 아닌디 말여. 눈구녁이 안 뵈도 이토록 시상이 캄캄하지는 않았다는 말시. 마누라 가니 내도 땅속에 같이 묻힌 것 맹키로 맴이 캄캄한케로 앞으로 살 날이 폭폭허요. 우리 강아지 이리 주소."

아빠의 눈물에 나를 싸고 있던 강보가 축축하게 젖어들었다. 나는 잠이 깨어 울기 시작했다. 아빠는 나를 품에 안아 들자 더 기막힌지 그야말로 하늘이 무너지고 땅이 꺼질 듯 깊은 한숨을 쉬며 신세한탄을 했다.

"임자, 이 핏뎅이를 앞 못 보는 봉사가 으짜게 킨단 말이여. 임자, 말 조까 해보드라고."

나는 태어난 이래로 가장 큰 소리로 울었다. 아빠는 내가 배가 고파서 운다고 생각했다. 물론 나 역시 오장육부를 갖고 있어서 배도 고프다. 그러나 꼭 배고픔만은 아니다. 갓난아기처럼 어쩔 줄 몰라 울기만

하는 어른을 도와주고 싶었고, 나를 두고 가는 엄마의 깊은 슬픔을 울음으로밖에 달리 표현할 길이 없기 때문이다. 아빠는 등잔불 하나 없는 캄캄한 방안을 빙빙 돌며 긴 탄식으로 우는 나를 달랬다.

"아가, 아가. 너그메 참말로 먼 데 가부렀는갑다. 그리 가지 마라 말려싸도 댕기가 머시 중허다고, 그 먼 디를 갔단 말이더냐. 천태산 마고 선녀님이 데꼬갔응께 틀림없이 낙양성 숙향낭자 만나서 오색수 짜잘하게 이쁜 고이댕기는 가져올 것이다. 오메, 오메. 요리 강그리지게 울어싸면 어쩐다냐. 맬겁시 울면 배창시만 더 고픈께 언능 뚝, 뚝, 아, 뚝. 니 엄니, 황릉묘 두 왕비헌티 하소연하러 갔단 말이여. 황릉묘에 가는 사람은, 가는 날은 알지만 오는 날은 암도 모름시롱 니가 얼릉 커부려서 너그메 데불고 와야 쓰것다. 울고불고 굿방구친다고 바싹 마른 나뭇게지 꺾은들 물 한 방울 나것냐, 젖 한 방울 나것냐. 날아, 날아, 싸게싸게 새라. 우리 강아지 젖동냥 가야 헌다. 날아, 날아, 싸게싸게 새라."

그 밤, 바람은 삽, 삽, 삽, 삽, 구슬피 불고, 나는 아빠의 슬픔과 배고픔과 어른의 삶도 울지 않으면 살아갈 수 없다는 걸 깊이 새기며 울다 지쳐 잠이 들었다.

퍽! 철버덕! 철퍽!

아빠가 졸다가 귀가 번쩍, 당나귀 귀만큼 커졌다. 우물가가 바로 방문 앞인 듯 어찌나 크게 들리는지 천둥 치듯 하여 나도 잠시 몸을 뒤척였지만, 깨지는 않았다. 젖냄새가 나지 않았기 때문이다. 신생아는 젖냄새를 그냥 느낄 수 있는 것이다.

"오메, 으짜쓰가. 속창아리 빠진 놈 맹키로 먼 지랄로 잠을 쳐자빠

지고 있었다냐. 어른짓 하는 대그빡을 뽀사 버리든지, 아무짝에도 쓰잘
데기없는 눈구녘을 뽑아 버리든지 해야 쓰것다."

아빠는 잠든 나를 한 손에 안고, 한 손에 지팡이를 짚고 더듬, 더듬,
더듬, 더듬, 더듬, 우물가로 걸음을 재촉했다.

"아줌씨, 젖 쪼까 주시오."

아빠는 급한 마음에 다짜고짜 젖부터 달라고 부인네의 치맛자락을
잡아당겼다. 그것도 하필 입 걸고, 뚝뚝하고, 심술 맞기로 소문난 안골
과수댁이었다.

"머시여? 오살맞게 지랄허고. 해장부터 먼 새똥빠진 젖타령이여,
시방. 확, 물을 찌끄리기 전에 쩌리 가븐지쇼잉."

아빠는 앞이 안 보여서 젖동냥할 사람을 잘못 잡은 게 아니다. 젖은
산모, 즉 아기를 낳은 어미여야 젖이 나온다는 걸 몰랐던 것이다. 나는
울지도 않고 자는 척했다.

우물가 마을 부인네들 한 패가 돌아가고 나서 한참 후에 다시 웃음
소리, 항아리에 물 붓는 소리, 두레박 내리는 소리, 지주구재주구 수다
소리가 들렸다. 이번에 나는 맘먹고 큰 소리로 울었다. 하지만 아직 젖
냄새는 나지 않았다. 일종의 젖동냥을 유발하는 신호였다.

"여보시오, 아즘씨들."

"워매, 놀래브러. 배지도 않은 아 떨어지것소. 뭐 땀시 그러요?"

아빠는 두 손으로 공손히 강보에 싼 나를 내밀었다.

"이 애 젖 쪼까 주시오. 젖 째까 맥여 주시오. 칠 일도 안 되야서
에미 잃은 떡애기랑께요. 밤새도록 젖 찾다가 울 아그 디져불락 허요.

지발 덕분에 도와주소."

물항아리 머리에 이려다 내려놓고, 우물에 두레박 내리려다 내려놓고, 마을 부인네들, 짠허다, 짠허다, 내 곁으로 모여들었다. 누가 먼저랄 것도 없이 젖이 돌든 안 돌든 모두 젖몸살을 앓는 어미들처럼 젖가슴을 문지르며 모여들었지만, 젖 나오는 이 어디 있을까.

"왐마, 묵고 살것다고 쎄빠닥 나오는 거 보소."

"뉘를 탁였다요? 이 가이내 벨시럽게 낯짝이 반반허요."

"즈그 엄니 탁였겄지."

"아고메, 시방, 누구 탁였는 게 뭐시 중혀. 젖이 중하제."

"워메, 아그가 복 있네. 쩌기, 머시냐, 시악시 오네."

"봉천댁, 싸게싸게 와분져 보더라고."

젖비린내가 점점 가까이 다가오고 있다. 나는 있는 힘을 짜내서 기를 쓰고 울었다. 아빠는 이제 살았구나, 숨을 크게 내쉬었고, 그제서야 생판 모르는 남의 집 부인네들에게 젖 달라고 보채는 말이 어찌 나왔나 싶었는지 슬그머니 돌아서서 지팡이로 발밑만 퉁, 퉁, 두드리고 서 있었다.

"아따, 허천난드끼 먹더니 앵간치 배아지가 따따한갑다."

"은제 울었냐 허네, 죽것따고 울어쌌더니. 으메 야물게도 생겼어야."

아빠는 나를 받아 안고 연신 허리 굽혀 절을 했다. 앞이 안 보이니 논밭에 대고 했다가, 먼 산 대고 했다가, 개천에 대고 했다가, 부인네들 다 가고 없는 우물가에 대고 절을 했다. 사방으로 절을 마치고 나서 언덕 아래 볕 좋은 데를 골라 털썩 앉았다. 아빠가 내 등을 토닥토닥

두드리자 문득 트림이 시원하게 나왔다. 내 트림 소리에 아빠의 묵은 체기조차 쑥 내려가고 끝 모를 나락으로 떨어지던 아빠의 기막힌 가슴도 훤히 뚫린 기분이었다.

"둥, 둥, 둥 내 딸이야. 이제 성이 좀 차냐. 느그 엄니가 황릉묘 가기 전 가쁜 숨을 몰아 쉼시로 지어 준 이름자가 있어야. 청이야. 심청이야. 어허 둥둥 내 딸 청이야."

나, 심청은 그렇게 엄마가 저세상 가면서 지어 준 이름을 받아 갖게 되었다. 아빠는 내 얼굴은 보지 못해도 배부른 내가 방실방실 웃고 있는 걸 알고 있었다. 어른들도 신생아와 같이 있을 때는 신의 눈을 갖게 되는가 싶었다. 아빠는 마을 부인네들을 위한 복을 빌었다.

"아즘씨들이오, 아즘씨들이오. 오늘 이 젖 공양으로 모다모다 명 질고, 복 많고, 강건하옵소서! 청아, 너도 후딱 수말시럽게 자라서 은혜 보여라. 맴을 오지게 묵고, 부자덜 어쩌께 항가 잘 보고, 귀한 몸땡이 되고, 허벌나게 아들 나코…."

복 비는 소리를 자장가 삼아 나는 잠이 들고, 나의 신성은 목이 메어 차마 말을 잇지 못하는 아빠의 캄캄한 눈으로 들어갔다. 앞이 보이지 않는 아빠의 캄캄한 눈에는 벌써 내가 커서 걷고, 뛰고, 댕기머리 펄럭이며 엄마 무덤으로 달려가는 참한 큰애기로 커 있었다.

그 뒷날부터 아빠는 따둑, 따둑 나를 잠재운 뒤, 긴 보자기에 싸서 어깨에 둘러메고 길을 나섰다. 나는 자지러지듯이 우는 걸로 아빠에게 신호를 보냈다. 내 울음소리는 근처에 산모가 있다는 뜻이고 젖냄새가 난다는 뜻이었다. 내 울음소리를 따라 아빠는 우물가로, 논밭으로, 앞

마을로, 뒷마을로, 빨래터로, 부인네들이 모여 있는 곳을 찾아다녔다. 마을에는 앞이 안 보이는 심봉사가 기가 막히게 젖동냥을 다닌다는 소문이 파다하게 퍼졌다. 그러나 젖동냥도 동냥이니 먹고 남은 젖이라 크게 배부르게 먹는 날은 드물었다. 젖을 못 구하는 날에는 쌀 한 줌, 밤 몇 톨로 멀겋게 끓인 암죽을 먹으며 근근이 날이 가고 해가 갔다.

"아구메, 우리 청이 낮에는 참외 크듯, 밤에는 달 차오르듯 잔병치레 하나 없이, 포도시, 그래도 솔차니, 커버렸어라."

나, 심청이 귀하게 될 사람인 줄 천지신명이 먼저 알았다. 하늘이 돕고 땅이 돕고 실천, 개천, 강천이 바다로 들며 도왔다. 아빠의 젖동냥으로 자란 나는 신과 통하는 울음소리를 결코 잊지 않았다. 그 울음소리가 인생을 살아가는 밑천이며, 연꽃은 그 울음에 뿌리를 내려 피는 꽃이었다.

---

* 판소리 〈심청가〉 중에 심봉사가 아내 곽씨의 장례를 치르고 갓난아기 심청이를 마을 젖동냥으로 키우는 이야기다. 화자를 심봉사에서 갓난아기 심청이로 바꾸어 심청이가 직접 구술하는 장면으로 재구성했다.
 - 참고문헌 『판소리 다섯마당_해설과 주석을 단 사설집』, 1982, 한국브리태니커회사

오장성五臟城
비위脾胃 씨 서간

　　오장성五臟城에 사는 비위脾胃 씨의 먼 조상은 풍미족豐味族으로 가까운 선조는 구황방救荒方 사람이었다. 그의 선조 중 어떤 이는 '속은 붉고 겉은 푸른 햇무리'가 출몰하던 대기근 시절에 죽어가는 사람을 살린 공덕으로 진휼청에 신도비가 세워지기도 했다. 비위 씨는 집안의 가풍을 이어받아 인물됨이 속이 없다 할 만큼 선했다. 그의 동굴에 맹수가 들어오면 도망가자니 체면을 먼저 생각하게 되고, 죽이자니 맹수도 똑같은 생명인지라 차마 어쩌지 못하는 성품이었다. 하는 수 없이 맹수의 주둥이를 두 손으로 감싸쥐고 어르고 달래서 함께 사는 길을 모색하는 성품이 가히 땅과 같았고, 바다와 같았다.
　　비위 씨는 누가 명하지 않았는데도 자신을 낮추며 시종을 자처하고 나섰다. 우직하다 못해 우매하게 보여 밥통이라는 호를 얻었지만 주인에게는 충성심을, 오장성인五臟城人에게는 무엇이나 고루 나누는 넉넉한 마음 씀을 인정받아 오장성 가운데 자리를 차지하며 수납유통관리를 맡게 되었다. 밥통이라는 그의 호에 걸맞게 곳간에 무엇이 들어오건 그것을 잘 비비고 으깨서 오장성인들의 각각의 입맛에 맞도록 다섯 가지 맛으로 나누어 보낼 건 보내고 버릴 건 버려서 각 고을에 나르기를 게을리하지 않았다. 곳간에 들어온 것들은 무엇 하나 남김없이 나누는 청렴함이 실은 비위 씨만의 살 길임을 결코 잊지 않았다. 스스로 나아가고 머무름의 법도를 지켜내는 그는 몸은 소인이나 대인의 풍모를 넘나들었다.

오장성에는 심통제일 제왕을 위시해 폐통지혜 재상, 간통무사 장군, 신통방통 장인이 비위 씨의 곳간을 중심으로 빙 둘러 고을을 이루고 있었다. 오장성인들은 저마다 맡은 일에 한 호흡도 쉬지 않아 그 성실함을 따를 자가 없었다. 하지만 눈에 보이지 않는 내장산內臟山에 사는 관계로 혹자는 보고도 모르고 혹자는 알려고도 하지 않아 오장성을 무시하는 일이 비일비재하였다. 그도 그럴 것이 오장성의 존재가 드러날 때는 대개 일촉즉발 위급한 상황이라 누구도 알기를 꺼리고 두려워했다.

비위 씨는 주인을 섬긴다는 명분으로 속쓰림 정도의 웬만한 고통은 혼자 감당하기 일쑤였다. 그러다 결국 탈이 나고 말았다. 그는 천성이 명랑하고 밝아서 소리내기를 좋아했는데 병이 나면 '궁宮' 음으로 음-음- 꿍- 하고 늘어진 소가죽 두들기듯 흐느끼는 소리를 내곤 했다. 꿈에 끝을 알 수 없는 언덕을 기어오르다 미끄러지는가 하면, 바다 같은 호수를 보기도 하니 가히 자신의 신변이 위태로운 징조임에도 주인은 전혀 낌새를 모르고 있어 비위 씨는 오장성인들에게 도움을 청하였다.

간통 장군이 먼저 입을 열었다.

"나는 천성이 과묵하여 호가 먹통이 아니겠소. 그럼에도 시도 때도 없이 공연한 화를 내는 거로 알렸소만 알아듣지 못했소."

"나 신통은 오줌통을 틀어쥐고 불면으로 두려움을 주었으나 밥통하고는 거리가 멀었소."

"숨이라는 건 한 호흡 상관에 생사가 오가는 일 아니겠소. 아직은 내가 나서는 게 맞지 않아 나와 연대를 맺고 있는 대장통에게 일러 고함을 지르게 하고 천둥 번개까지 동원했으나 그때뿐이었소."

"나 심통은 오장성의 제왕으로서 누구보다 이 사태의 심각성을 알리려 가슴을 두들겼으나 그럴수록 점점 더 소심해지고 움츠리니 어쩌면 좋겠소."

오장성인은 주인에게 나름 위험 신호를 보냈어도 반응이 전혀 없었다는 변명으로 일관했다. 또한, 주인이 자미궁을 잃은 뒤로 심약해지고 매사 무방비 상태로 살아온 지가 오래라며 그들도 참을 만큼 참았다고 때아닌 불평까지 늘어놓았다. 변명도 불평도 더는 감출 수 없는 사실이기에 비위 씨는 주인에게 알리는 일이 시급하다고 판단했다. 이 같은 사실을 전하기는 늘 외경外境과 내경內境을 들락이는 폐통 재상이 가장 용이하나 글솜씨가 바람과 같아서 종잡을 수 없음을 알고 모두 다들 청기淸氣와 탁기濁氣 두 문을 가진 비위 씨가 적임자임을 무언으로 원하고 있었다. 비위 씨는 비통한 심정으로 자신이 반란을 일으키리라 결심했다. 곳간에 들어오는 것 족족 동굴 윗문으로 퍼올리고 힘에 부쳐

수곡水穀의 바다에 빠져 문드러진 것들을 필묵 삼아 바늘로 콕콕 찌르는 통증과 함께 서간을 써내려갔다.

주인님 전상서.

천고마비 시절에도 수곡水穀의 바다는 파도가 그대로 굳어져 계곡을 이루었고, 어떤 곳은 물이 말라 패이고 헐어서 붉은 혈이 드러나 바닷물이 그 본색을 잃어버렸사옵니다. 자고로 수곡의 바다는 제 안으로 들어온 그것이 무엇이든 가리지 않고 끌어안는 법이지요. 주인님의 현실적 한계와 살아오는 동안의 서글픔 고달픔 탄식까지, 눈에 보이지 않는 칠정七情을 삼키느라 소인은 죽을힘을 다했습니다. 하오나 미련한 소인의 천성으로 주인의 섭생을 돕는다는 게 결국 주인이 망하기에 이르는 우를 범하게 되어 하는 수 없이 붓을 들게 되었사옵니다.

단언컨대 주인님이 며칠 동안 물 몇 모금으로 곳간을 텅텅 비우는 거식과 시도 때도 없이 씹지도 않고 삼키는 폭식을 일삼는 일이 잦아지고 있습니다. 어찌 됐건 저는 쉴 틈 없이 쏟아져 들어오는 오만 잡식을 녹이고 녹여서 오장성에 살이 되고 피가 되게 하는 일에 조금도 소홀함이 없었습니다. 하오나 무리수는 언제나 들통이 나기 마련이라 저 역시 이제는 소인과 대인을 넘나들 탄력을 잃고 그만 몸져눕기 일보 직전입니다. 근간에 오장성에서 금기시되는 죽을 맛을 성안에 퍼트리고 있어 행여 추방이라도 될까 심히 염려되옵니다.

오장성인들은 이 모든 일이 오래전 일이지만 주인님이 자미궁을 잃은 혼란기를 겪으며 고독과 불안의 수렁에 빠져 일어났다고 알고 있으나 저만은 알지요. 자미궁을 잃은 것도 한 가지 원인은 되지만 실은 주인님이 스스로 직업병이라고 위로하며 오장성을 돌보지 않은 까닭이 제일 큰 원인이지요. 궁핍을 각오한 절대 고독 선언문을 곡물穀物 대신 되새김질하며, 기 한번 맘껏 펴본 일 없는 개떡 같은 인생이라며 답도 없는 물음을 묻고 또 물으며, 고통 앞에서 할 수 있는 게 싸우거나, 참거나, 견디는 것밖에 없는 것이냐고 묻고 또 물으며, 스스로 생각 속에 갇혀 절벽 끝에 서는 두려움을 삼키니, 그때마다 소인, 밥통은 그것마저 녹여내느라 동굴의 극약을 수시로 퍼내어 쓰는 바람에 비옥한 토지들은 헐고 썩고 남루하기가 낡은 천 조각과 같아졌습니다. 군량이 부족하여 참을성 없는 목기木氣들이 쳐들어와 청기淸氣와 탁기濁氣를 휘몰아치니 눈앞이 캄캄하고 가슴이 답답하며, 입안은 헐고 목구멍이 따가운데 앞뒤 없는 말이 많아지고, 먹어도 먹어도 허기가 지는 악순환이 되풀이되옵니다. 이 상황은 저보다 주인님이 더 잘 느끼실 줄 압니다.

소인은 무쇠도 녹일 수 있는 산물酸物을 가지고 있사오나, 주인님이 다른 사람이 느끼지 못하는 것을 깊게 받아들이느라 곳간으로 들인 분노나 수치심은 이제 힘이 달려 녹이지 못하고 흘려 버리는 일이 자주 일어나고 있사옵니다. 그 결과 간통 장군이, 신통 장인이, 급기야 심통 제왕이 그것들을 보게 되니 소인 입장으로서는 민망하기 그지없고, 속이 쓰리기 그지없습니다.

사실 이 서간도 '주인님, 소인 아픕니다.' 이 한마디면 끝나지요. 그러나 소인이 이리 잡말이 많은 걸로 봐서 탈이 난 게 틀림없습니다.

붓을 놓기 전에 한마디 올리고 글을 맺고자 합니다.

일자무식인 제가 이리 서간이라도 전할 수 있게 된 것은—주인님 자신을 위장하기 위한 위선인지 소인으로서는 알 길 없습니다만—세상을 초연하게 바라보는 여유 있는 척, 두려움에 굴하지 않은 척, 백지의 응답을 알아들을 수 있을 거라고 눈알이 요괴처럼 빨개지도록 기다리는 비참한 공포를 지켜본 덕분이니 그 점에 대해선 감사드리옵니다. 다시 한 번 청컨대, 주인님께서 30년 전 겪으신 내장산內臟山을 침범하는 전쟁을 다시 맞는다면 이제 연로한 오장성인들이 감당할 수 없음을 간곡히 아뢰옵니다. 설사泄瀉 난필亂筆임에도 이리 호소문을 올리는 것을 부디 저버리지 마시고 깊이 거두어 주시기 바랍니다.

수면내시경을 마치고 잠에서 깨어나자 속이 쓰리고 목구멍이 얼얼했다. 침을 삼키는데 이물감이 마치 솜뭉치라도 넘기는 것 같았다. 내가 얼토당토않은 생각으로 머리를 흔들자, 간호사는 내 어깨에 손을 얹으며 걱정스럽게 물었다.

"괜찮으세요? 소리를 많이 내시더라구요. 무슨 소리인지는 모르지만…."

"잠꼬대를 했나요?"

"아니, 그냥 흐느낌같이 내내 소리를 내시더라구요."

간호사를 따라 원장실로 들어가는데 잠이 덜 깼는지 다리가 후들거렸다. 의사는 컴퓨터 화면을 내게 돌리고 사진 네 장을 보여주며 물었다.

"무슨 일 하세요?"

나는 그냥 뭐, 글을… 하다가 우물쭈물 말끝을 흐렸다. 화면에 띄운 사진들은 처음 보지만 보아서는 안 되는 것이라고 몸에서 화들짝 놀라고 있었다.

"세포 변형이 많이 되었네요. 이쪽은 얇아져서 실핏줄이 보이죠. 곰팡이도 슬고 헐어서 딱지가 앉은 것도 보이고, 갈 수만 있다면 새것으로 갈아 드리고 싶네요. 당분간 신경 쓰는 일은 하시지 말고요. 삼 개월 후에 다시 봅시다."

나는 조직검사 하자는 소리를 듣지 않은 것만으로도 감지덕지했다. 다만 검사하는 동안 알 수 없는 소리를 냈다는 간호사 말이 조금 걸렸다. 게다가 의사가 내시경 화면을 보면서 내 밥통이 이렇다 저렇다 하던 말을 어디선가 먼저 들은 것 같은 느낌도 들었다. 꿈이었나? 괜히 수면으로 했나? 어쩌자고 몸속에 그 긴 철제 호스와 카메라가 들어가 휘젓는데 멍청하게 잠이나 잤을까. 한심하게 흐느끼는 건 또 뭐람. 불편한 마음으로 접수처에서 진료비 계산을 하며 기다리다 무심코 벽에 걸린 텔레비전으로 눈길을 돌렸다. 아침 건강 프로그램 진행자가 진지한 표정으로 말을 이어 갔다.

"인류의 대재앙을 막으려면 육식을 줄이고 콩을 많이 먹어야 한다는 보고가 나왔다고 합니다. 스트레스를 많이 받으면 몸이 탁해지고 탁한 음식을 찾게 됩니다…."

그 소리에 문득 매운 다대기를 듬뿍 넣은 내장탕이 떠오르자 갑자기 속이 매스껍고 경련이 일며 비위가 확 상했다. 나는 입을 틀어막고 뛰었다.

---

* 우리 몸은 하나의 국가와도 같다. 이 국가에는 심장 국왕을 비롯해 폐는 왕을 보좌하는 재상, 간은 장군
  의 지위를 대표하고, 기타 대신들이 있어서 각자 맡은 책임과 직무를 다한다. // 비장은 청기를 상승
  시키고 위장은 탁기를 하강시켜 영양분을 운반하고 찌꺼기를 밑으로 내보내는 역할을 함께 담당한다.
  - 장치성, 『황제내경, 인간의 몸을 읽다』

계창鷄窓을
그리며

선생님, 가을이 깊은데 아직도 창문을 닫지 않으셨나요? 선생님의 오두막 서재를 떠나 산속에 들어온 뒤로 사람 소리 잊은 지 오래되었습니다. 도를 깨우치려면 닭 소리 개소리 없는 곳에 들어가야 한다며 한사코 저를 산으로 보내시고 어찌 지내시는지요. 시든 국화 다발 거두어 꽃차와 벗하시는지요. 봄에는 달벗이요, 여름에는 술벗이요, 가을에는 닭 벗이 친절하다며 눈도 귀도 어두운 저에게 밤새워 책을 읽어 주시던 그때가 고향의 봄처럼 그립습니다.

선생님과 제가 해와 달을 바라본 세월이 강과 산을 이루는 동안, 날개를 펴면 하늘 덮고, 한번 날갯짓에 천 리를 날아간다는 붕새 이야기며, 고통을 들어 참된 진리를 보인다는 어려운 말도 귀에 못이 박이도록 들려주셨지요. 티베트 고승들은 과학자들이 우주가 마법에 걸리는 시간을 설명하면 귀지를 후비거나 하품을 해도 마음이 하는 일이니 스스로 나무라지 않았다고 말씀하셨지요.

선생님 서재 창가를 떠나던 그해 가을, "달은 왜 이리도 높고 밝은 고?" 선생님은 혼잣말을 되뇌시며 밤눈 어두운 저에게 미치도록 차고 시린 저 새벽달이 보이느냐고 물으셨죠. 제가 오르골 태엽이 풀리는 소리로 꼬끼오! 응답처럼 홰를 치면 저를 담뿍 안아 서재 창틀에 앉혀 놓고 하늘 골무 애기를 들려주시던 일이 바로 엊그제같이 생생합니다. 사는 일이 닭 쫓던 개 멍하니 지붕 쳐다보는 이야기라든지, 닭 잡아 먹고 오리발 내밀었다가 죽음을 맞는 찬란한 별들의 이야기를 들려 주시다가도 다 시시껄렁한 이야기라며 우울해하셨지요. 제가 울적한 선생님의 심사를 읽은 척 목청 터져라 울면 선생님은 졸린 눈으로 빈 다관을 기울이다가 빈 잔을 들고 술 취한 사람처럼 비틀, 비틀, 흥얼거 리셨죠.

님은 떠나고
돌아올 기약 없네
닭은 홰에 오르고
날이 저무니

선생님, 지금 생각하면 꿈만 같습니다. 꿈속에서 꿈을 깨는 일이야 날개 잃은 닭이 선생님 서재로 날아드는 일이지요. 선생님, 저의 시답 잖은 소리는 여전하지요? 철없기는 밤늦도록 불이 켜진 창문을 보면 가슴이 설레는 것도 여전하답니다. 누군가 닭을 벗 삼아 말을 걸어오 진 않을까, 이렇게 말해도 꼬끼오고, 저렇게 말해도 꼬끼오인 제 말을

계창을 그리며

용케도 알아듣는 사람이 또 있지 않을까. 그런데 요즘 세상에 닭이 사람 말을 알아들을 걸 누가 상상이나 하겠습니까. 그저 애완 닭을 기르는 호사가들이나 다른 닭보다 울음소리가 25초 이상 길다느니 짧다느니 옥신각신하는 재미로 저와 친구처럼 지낸다고 생각하지요.

선생님, 사실 제가 느닷없이 이렇게 편지를 올리며 꿈을 깨니 마니 주절대는 것은 엊그제 이상한 현상을 보고 나서 갑자기 까맣게 잊고 있었던 사람 말소리가 들리기 시작했기 때문입니다. 가을비 추적추적 내려 닭장 안에 웅크리고 앉아 양철 지붕 위로 떨어지는 빗소리를 세고 있는데 누군가 다그치듯 물었습니다.

"날아 봐? 날아 봐?"

단지 그뿐이었습니다. 닭이 사람 소리를 내는 것인지, 사람이 닭 소리를 내는 것인지 알 수는 없지만 분명 그렇게 말했습니다. 선생님이 들려주신 동화에 나오는 아이처럼 말이죠. 아무도 없는 빈집에 들어선 아이는 '엄마가 시장 갔나?' 하는 자기 생각에 자신과 똑같은 사람이 집 안에 있다고 생각했죠. 홀로 엄마를 기다리는 무서움을 달래 주는 또 다른 나에게 위로받는 아이처럼 저도 혹여 선생님이 저를 찾으시는 소린가 싶어 후다닥 닭장 밖으로 달려나갔습니다. 그 순간이었습니다. 선생님이 왜 저를 산속으로 보냈는지 문득 깨닫게 되었습니다. 사실 저는 작심하고 제 볼품없는 날개를 붕새처럼 커다랗게 키워서 하늘을 뒤덮으며 날아 볼 생각에 골똘했었지요. 아시다시피 그쪽 신통길은 제 깜냥으로는 어림도 없고, 꿈에도 갈 수 없는 길이지요. 그런데 저를 부르는 그 목소리를 따라가니 아주 오래된 미래가 파노라마처럼 펼쳐졌습니다. 희고 긴 날개로 선생님의 서재에 꽂혀 있는 책을 꺼내는 제 모습이었습니다. 그날도, 그 가을밤처럼, 선생님이 손가락으로 가리키시는 새벽달이 날개를 달고 둥싯 떠올랐습니다.

선생님, 그곳에서도 그 달이 보이시지요?

구름산방

얼마 전에 눈이 번쩍 떠지는 집 한 채를 만났습니다.
그곳으로 여러분을 초대합니다.

구름으로 지은 문으로 들어오세요. 그런 문이 이 세상에 어디 있겠는가, 엄청난 거짓말인 줄 알지만 속는 셈치고 눈을 질끈 감았다 뜨면 구름 문이 보일 겁니다. 구름 문이 안 보일 수도 있는데, 새소리가 둥둥둥 울리면 이미 구름 문 안으로 들어왔으니 더는 의심하지 않아도 됩니다. 새소리를 놓치지 말고 동백나무가 보일 때까지 오세요.

하늘에 닿아 있는 듯 보이는 커다란 동백나무 가지 끝에 아슬아슬하게 매달려 있는 구름산방이 보이시나요? 겨우살이밖에 안 보인다구요? 맞아요. 잘 찾아오셨습니다. 구름산방에는 겨우살이가 살아요. 견문이 넓은 사람은 겨울에도 푸르다고 겨우살이를 동청이라 부르지요. 약초 인들은 다른 몸에 기생하며 겨우겨우 살기에 겨우살이라고 부르면서도 겨우살이 달인 물을 먹으면 새끼를 낳지 못하는 동물들이 새끼를 낳을 수 있는 신령한 나무로 여겼지요. 특히 겨우살이 금빛 잎사귀 가지가 땅에 떨어지면 마법의 힘이 사라지기 때문에 갓난아기 다루듯 아주 조심했지요.

겨우살이보다 둥둥둥 우는 새소리가 더 신기하셨다구요? 그러게 말입니다. 무슨 새가 쇠북 소리를 내며 둥둥둥 우는지 모르겠습니다. 여느 새에게서는 들어 볼 수 없는 울음소리지요. 어떤 이는 무슨 슬픔이 있어 저리 가슴을 치며 우나? 하는 분도 있었답니다. 그 새는 해마다 동백나무를 찾아오는 새라고 하더군요. 글쎄, 그게 무슨 새냐구요? 새 이름을 말할 수 없는 사연도 있답니다. 자연과 대화할 때는 종종 이름이 거추장스러울 때도 있지요. 무슨 사연인지 날개는 있으나 새처럼 날지 않고, 이 나뭇가지에서 저 나뭇가지를 나무늘보처럼 옮겨 다니니 닭인지 새인지 아무도 알 수 없답니다.

아무튼, 닭인지 새인지 모를 그 새는 동백나무에 뿌리를 내리고 사는 겨우살이를 알게 되었습니다. 처음에는 겨우살이를 거들떠보지 않았지요. 그런데 어느 날, 겨우살이의 진실한 고백을 듣고부터 겨우살이에게 마음을 열었어요. 겨우살이가 말하길, 동백나무에 빌붙어 먹고 사는 자신의 신세가 괴로워서 견딜 수 없지만, 도저히 두려워서 땅으로 내려갈 수 없다고 하더랍니다. 별일이네, 무슨 나무가 땅을 무서워해, 하면서 날아가면 그뿐이지만, 그 새는 겨우살이 고백에 너무 놀라서 하마터면 땅으로 떨어질 뻔했습니다.

겨우살이는 먼먼 고대에 여사제였답니다. 예나 지금이나 쫓고 쫓기는 무리가 있게 마련입니다. 최후의 여사제들은 목숨을 부지하기 위해 마법사들에게 높은 나무 위에 살도록 주문을 걸어 달라고 했습니다. 마법사들은 땅에 내려오지 않고도 살 수 있게 마법을 걸었지요. 여사제들은 마법으로 변한 모습이 겨우살이건 뭐건 그리 중요하지 않았습니다. 때가 되어서 마법을 풀면 되니까요.

그런데 마법사들은 여사제의 귀향을 원치 않았던가 봅니다. 마법을 풀 주문을 아무에게도 남기지 않고 사라져 버렸답니다. 그런 연후로 겨우살이는 나무에서 한 발짝도 내려오지 못하게 되었노라고 긴 사연을 말해 주었습니다.

옛날이야기를 많이 들은 분들은 보나 마나 그 새가 마법사라는 이야기군. 시시해, 하실 겁니다. 뭐 그럴 수도 있지요. 그런데 그 마법사는 어떻게 닭인지 새인지 모르게 날지도 못하는 새로 살게 되었을까요. 마법사라면서 말이에요. 게다가 겨우살이 고백에 마음이 열린 것도 자신의 처지와 너무 닮았기 때문이라고 하거든요. 새들은 허공을 자유롭게 난다고 모두 생각하지만 그 새는 허공이 두려워서 새처럼 날지도 못하고, 땅이 두려워서 닭처럼 살지도 못한다, 하거든요. 사연이야 어찌 됐든 그 둘은 서로를 깊이 이해하게 되었고, 서로 깊은 정을 느꼈습니다. 서로의 두려움을 나눠 갖는 것만으로도 위안이 되었으니까요. 슬픔도 힘이라는 멋진 말은 하지 않겠습니다. 겨우살이는 잎이 무성한 여름에는 큰 나뭇잎에 가려 자신을 찾지 못하는 그 새가 안타까웠습니다. 하물며 겨우살이가 죽은 거로 알고 한자리에서 꼼짝하지 않고 둥둥둥 울고만 있다가 감쪽같이 사라지곤 했답니다. 그리고 겨울이 되어 마침내 겨우살이가 노랗게 꽃을 피우면 구름산방으로 찾아오곤 했습니다. 물론 마법사이니까 구름 문을 찾는 거는 일도 아니겠지요.

그렇습니다. 그 새가 바로 여사제에게 마법을 걸고 사라진 마법사 중 한 명입니다. 그럼 왜 단박에 마법을 풀어 주지 않고 둥둥둥 울기만 하냐구요? 그 새도 마법에 걸린 여사제를 풀어 주고 싶지만 딱한 사정이 있었습니다. 마법사들도 고도의 마법은 서로에게 마법을 걸어 주기도 하고 자신에게도 수많은 주문을 건답니다. 쉽게 말하면 주문에 주문을 걸다 보니 어디서부터 풀어야 할지 모르는 엉킨 실타래가 되어 버렸다 할 수 있습니다. 그렇게 마법을 걸다가 자기도 닭인지 새인지 모를 마법에 걸렸기 때문에 어찌할 수가 없었던 거지요.

겨우살이가 마법에 걸린 여사제인지는 알 수 없지만, 겨우살이처럼 우리네 삶도 그러하구나, 하는 분들은 마음 한구석이 쓸쓸해지실 거예요. 대지에 뿌리를 내리지 못하고 어딘가에 기대서 가까스로 연명하는 것도 그러하고요. 그런데 혹시 어떤 연유로 새끼를 못 낳는 어미가 겨우살이를 달여 마시면 새끼를 갖게 되는 몸으로 변할까요?

꽃잎도 없이 꽃을 피우는 황금가지 나무를 찾는 분들은 늘 말하지요. 떠나는 사람에게 길은 없다고. 집으로 돌아오기 위해 길은 생겨났다고.

오늘도 동백나무 구름산방에서 둥둥둥 닭인지 새인지 모를 그 새가 울고 있습니다. 얼마큼 울어야 마법이 풀릴까요? 여섯 번째 달이 뜨는 날, 저 깊은 땅의 세계를 열어 우주에서 생명을 실어다 주고 불에도 끄떡하지 않는 겨우살이가 정말 마법에 걸린 여사제일까요?

앗, 이제 눈치채셨군요.

석류의 시간

　　　　마른 석류 한 개를 갖고 있습니다. 책장 위에 올려놓은 먼지 낀 석류를 볼 때마다 석류는 사라지고 사막에 뒹구는 두개골이 가슴에 들어와 앉습니다. 과장해서 말하면 뼈와 가죽만 남아 있는, 미라 두개골 같은 석류 안에는 한 남자와 사막이 존재합니다.

　　한 남자, 그는, 그는 하면서 나는 머뭇거립니다. 움켜잡을수록 손가락 사이로 빠져나가는 모래알처럼 그의 몸에서는 늘 모래가 서걱대는 소리가 들렸습니다. 방황 끝에 돌아온 그가 선물로 가져다준 석류는 오랫동안 책장 속에서 우두커니 나를 바라보고 있었습니다. 곧 썩겠지, 곧 썩어서 버려야겠지, 나는 일부러 담담한 듯 모르는 척했습니다. 해가 바뀌도록 석류에도, 책에도, 손이 미치지 않고 지나갔습니다. 그가 떠날 때도 내 손은 미치지 못했습니다.

어느 날 문득 까맣게 썩어 가고 있는 석류가 눈에 들어왔습니다. 새빨간 입술을 열면 희디흰 이빨을 드러내고 함박웃음을 터트릴 것 같은 석류의 자취는 온데간데없었습니다. 나는 손을 뻗었습니다. 이미 내 손끝은 썩어 문드러진 살덩이의 흐물거림을 예감하며 완강하게 거부하고 있었습니다. 눈을 질끈 감았습니다. 그런데 석류의 표피를 움켜쥐는 순간 한 번도 만져 본 적 없는 해골이 떠올랐습니다. 아닌 게 아니라 석류의 표피는 뼈마디가 퉁그러져 나온 것처럼 울퉁불퉁하기까지 했습니다. 더욱 놀라운 것은 너무나 가벼웠다는 겁니다. 습기가 전혀 느껴지지 않는 가벼움이 순간, 오히려 당혹스러웠습니다.

나는 딱딱하게 굳은 석류를 손에 쥐고 오랫동안 바라보았습니다. 기이한 일 앞에서는 그저 바라보는 일뿐입니다. 뼈대처럼 보이는 여섯 개의 기둥이 일정하게 튀어나와 있고, 그 사이사이 움푹진 곳은 안구가 박혔던 구멍처럼 검붉게 굳어져 있었습니다. 티베트에서는 의식용 성구聖具를 만들기도 한다는 두개골처럼 보였습니다. 오랫동안 누군가를 기다리는 사람의 모습이 그러하리라 생각했습니다.

두개골이 된 마른 석류는 내 곁을 떠나지 않았습니다. 석류는 나에게 무언가 할말이 있는 듯했습니다. 아니 내가 석류에게 무언가 할말이 있는 듯했습니다. 서랍에 감추기도 하고 책꽂이 뒤에 던져도 놓았지만 어느새 석류는 외투 주머니에 들어 있거나 호두알처럼 손안에 들어와 있었습니다.

책장을 옮기고 먼지 낀 책들을 끄집어내던 날, 나는 마른 석류를 화초밭에 묻었습니다.

가슴에 들어앉은 두개골 같은 석류는 환하게 밝아지다가 까맣게 어두워지고, 눈꺼풀 위에서 파르르 떨렸다가 감은 눈 어둠 속에서 이글이글 타오르다가, 그의 얼굴이었다가… 가슴속 응어리를 훌쩍 덜어낸 듯, 얼룩처럼 흐려졌습니다.

마침내 큰비가 내리고 사막에는 붉은 입술 같은 석류꽃이 피었습니다.

유홍초

"무슨 꽃씨야?"

"유홍초."

"어머나, 무슨 씨가 검불 같아."

"가을에 펴. 가을꽃이야."

결국 유홍초만 남았다. 가을볕이 바들바들 떨며 베란다 유리창에 달라붙어 있던 날, 유홍초는 마침내 붉은 촉수를 열었다. 유홍초는 의지가지없이 제 살끼리 똬리를 틀며 넝쿨을 감아 올렸다. 몸부림은 몸부림을 만난다. 두려움은 왜 익숙해지지 않는 걸까. 무덤가를 돌던 시간이 넝쿨손으로 뻗어 나간다. 유홍초는 가지 끝에 멈춰 서서 어디로 가야 할지 망설였다. 그리고 마침내 직진을 시작했다.

유홍초는 나보다 오래 살 것이다. '아주 오래된 미래'에 가을볕이 바스락거리는 해 질 녘이면 척추교정기를 몸에 감고 해가 지나간 길을 더듬듯 느릿느릿 무덤가를 돌고 있는 여자를 만날 것이다. 딱딱한 척추교정기 안에서 가쁜 숨을 쉬고 있던 여자가 저녁노을 한 송이를 건네며 속삭일 것이다.

"가을꽃이죠. 유홍초."

유홍초를 들여다보는 사람들 눈에 노을처럼 눈물이 고일 것이다.

취석^{醉石}*을 찾아서

　　　　　카페 편지함을 열어 보니 남 선생이 보낸 카페 공지가
와 있었다. 현역에서 물러난 은퇴자 모임이지만 나름 문화 활동 한
다는 자부심을 갖고 있는 지역 카페였다. 특이한 건 카페에 가입하면
각자 가지고 있는 모든 조건이 없어지고 나이, 성별, 빈부, 학력과 상관
없이 누구나 '선생'으로 통한다는 것이다.

　'내 천년 후에 태어나 홀로 도연명을 찬탄하노라.
　푸른 산에 집을 짓고서 술잔을 들어 천천히 술을 올리노라.'
　- 정 선생이 퍼온 글에서
　- 4월 향토기행 〈석실 김상헌 선생 묘, 취석비 탐방〉
　- 찾아오시는 길 〈99번 마을버스 '석실 입구' 하차〉

----

* 취석 : 도연명이 거처하던 율리에 큰 돌이 있는데, 도연명은 술 취하면 항상 그 돌에 올라가 잠을 잤다.
　　　그 돌을 취석이라 불렀다는 고사에서 유래.

이 좋은 봄날에 무덤을 찾아가다니요? 임 선생, 무덤가에 봄이 제일 먼저 오고, 봄이 제일 많이 오는 걸 모르시는군요. 호호. 남 선생님은 말씀도 참 시적이셔요. 봄이 무슨 함박눈인가요? 많이 오게? 꽃이 펴도 별천지고 꽃이 져도 별천지 아닙니까? 무릉도원이 따로 없습니다. 제가 이미 답사를 마쳤습니다. 눈을 들면 복사꽃, 산벚꽃, 목련꽃이 하늘을 덮고, 마을을 에워싸다시피 핀 진달래, 개나리가 물감처럼 번져 있어 눈이 시리더군요. '나의 살던 고향, 꽃피는 산골'이 아니겠습니까. 무덤 자리가 명당은 명당입니다.

하늘은 맑았고 나무는 빛나고 있었다. 나와 한 선생은 '석실 입구' 버스정류장에서 만나 걸어 들어오고, 남 선생과 일행 두 사람이 승용차를 타고 마을로 들어왔다. 정 선생은 보이지 않았다. 오늘도 또 늦게 나타날 모양이다. '김상헌 선생 묘' 표지판을 따라 마을길로 접어들자 갑자기 넓고 양지바른 구릉이 드러났다. 구릉 위쪽으로 마을을 지켜 주듯 묘들이 둘러앉아 있었다. 남 선생 말대로 별천지는 별천지라는 느낌이 들었다. 우리는 마을 입구에 있는 김상헌 선생의 형인 김상용 선생 묘부터 둘러보기로 했다. 나는 앞서가는 일행의 뒷모습을 사진기에 담으려고 뒤로 떨어져 걸었다. 모두들 약속이나 한 듯이 구부정한 등 뒤로 뒷짐을 지고 걸어가고 있었다. 묫자리를 보러 나온 늙은이들 같다는 생각에 나는 셔터를 누르려다 그만두었다.

김 선생, 나는 요즘 말입니다. 무엇을 보든지 내가 이 풍경을 몇 번이나 더 볼 수 있을까, 이런 생각이 제일 먼저 들어요. 세월은 어쩔 수 없나 봅니다. 그런데 뻐꾸기는 집을 못 짓는 겁니까? 안 짓는 겁니까? 어려운 얘기지요. 있다, 없다 문제 아닐까요?

비석에 새겨진 글씨들은 마모가 심해서 거의 알아볼 수 없을 정도였다. 한 선생은 비문을 한 자 한 자 짚어 가며 읽다가 어디론가 전화를 걸어 비문에 대해 물어 보기도 했다. 남 선생은 무덤 앞에 서 있는 문인석에 기대서서 한 선생이 나눠준 '석실서원' 자료를 읽고 있었고, 다른 몇몇은 각자 흩어져 무덤 주위를 돌고 있었다. 나는 한 발 뒤에 서서 사진기로 그들의 움직임을 당겼다 밀쳤다 하면서 사진을 찍었다. 그때였다. 무덤가를 돌던 김 선생이 환호성을 지르며 주저앉았다.

어머, 고사리야, 고사리, 이것 좀 봐. 어머, 여기 할미꽃도, 여기 흰제비꽃도, 여기 고사리, 여기 할미꽃, 여기 냉이꽃, 여기 양지꽃, 여기 취도 있어, 세상에. 무덤가에 웬 나물이 이렇게 많아요? 조상님들이 음덕을 내려주신 건가요? 봄에 나는 풀은 아무거나 먹어도 탈이 없다지요?

김상헌 선생 묘는 마을 안쪽으로 깊숙이 들어가 있었다. 무덤 앞에 서서 묵념을 올리는데 남 선생이 모자라도 벗어야 하지 않겠느냐고 말했다. 우리는 쓰고 있던 모자를 벗어들고 다시 한 번 고개를 숙였다. 그러곤 한 사람 한 사람 마을을 향해 돌아서서 아무 말 없이 한동안 서 있었다. 남 선생이 먼저 취석비가 있는 곳으로 발걸음을 옮겼다. 한 사람씩 그 뒤를 따라 말없이 걸어 내려왔다.

취석비가 있는 곳으로 내려오자 정 선생이 우리를 기다리고 있었다는 듯이 손을 흔들었다. 정 선생은 이미 낮술을 걸치고 불콰해진 얼굴로 외눈박이를 목에 걸고 있었다. 그는 사진기를 외눈박이라고 불렀다. 가슴 한복판에 큰 눈을 달고서 하늘 아래 모든 것을 한 눈으로 보는 놈이라는 것이다. 술 취하면 외눈박이는 과거나 미래를 보지 못한다는 것이 흠이라면 흠이라고 알 수 없는 소리를 반복하곤 했다. 그 때문인지 같은 장소를 다녀와도 정 선생이 카페에 올리는 사진들은 묘한 데가 있었다. 같이 다니면서도 그런 곳이 있었나? 할 정도로 그는 우리가 보지 못한 것을 잡아내는 능력자였다.

파리처럼 분주하고, 돼지처럼 씩씩대며 살았으니, 우리도 이제 취석에 누워 잘 만하지 않소? 김 선생, 꽃을 밟고 돌아가면 발바닥에 향기가 나서 나비들이 쫓아온다고 하지 않았소?

정 선생은 손에 들고 온 비닐봉지에서 종이컵과 소주병을 꺼냈다. 취석비에 술을 올리고 혼자 그 앞에 서서 묵념을 했다. 남 선생이 나에게 빨리 사진을 찍으라고 손짓을 했다. 정 선생이 돌리는 술잔을 한 잔씩 받아 마신 뒤, 우리는 취석비를 중심으로 나란히 서서 카페에 올릴 단체사진을 찍고, 한 명씩 취석비 옆에 서서 기념사진을 찍고, 진달래 가지를 잡고 찍고, 사람 발길이 닿지 않아 새순처럼 파랗게 돋아난 이끼 낀 길을 춤추듯 걸어가며 사진을 찍었다. 누군가 안동 김씨를 말하고, 누군가 이 마을에 쌍초상이 나던 날, 도둑들이 트럭을 들이대고 붓과 벼루까지 훔쳐 가는 걸 잡았다고 소문내듯 말하고, 또 누군가는 김상헌 선생과 최명길 선생을 말하고, 심양 남관의 골방에서 시로 나눈 아름다운 대화를 말하고, 자존심과 저울을 말하고, 도연명의 국화를, 카페 댓글 달듯 말했다.

마을을 빠져나와 석실 입구 버스정류장에 다시 모인 뒤에야 우리는 정 선생이 보이지 않는 걸 알아챘다. 나는 일행을 미음나루에 예약해놓은 식당으로 보내고 다시 취석비가 있는 곳으로 돌아갔다. 왔던 길을 돌아가는 길이라, 때아니게 봄날치고는 좀 더운 날씨지만 붕 뜬 기분이 드는 건 술기운 때문만은 아니었다. 꿈속에서처럼 걷는 느낌은 없는데 마을 풍경이 영화 화면처럼 천천히 흘러가고 있었다.

정 선생이 외눈박이로 취석비를 찍고 있거나, 도연명을 흉내낸다고 취석비에 기대어 잠들어 있을 거라는 예상은 빗나갔다. 정 선생은 보이지 않았다. 뭐 상관없다. 어디선가 또 외눈박이를 목에 걸고 불쑥 나타날 것이다. 지금 중요한 건 그게 아니다. 분명 걸어왔던 길이건만 취석비 앞까지 이어졌던 마을길이 보이지 않았다. 정 선생도 분명 외눈박이로 이 황당한 풍경을 보았을 거라는 직감이 들었다. 집을 찾아가려면 다시 눈을 감으라는 말이 떠올랐다.

깨어 보니 그는 아직도 술에 취해 잠들어 있었다.

이끼 요정을
찾아서

　　　　　나뭇가지마다 이끼가 덮여 있었다. 요정들의 은둔지가 있다면 분명 이곳 같을 것이라는 생각이 들었다. 시커먼 나무둥치에도 이끼가 덮여 있고, 나무뿌리가 감고 있는 돌 위에도 이끼가 엉겨붙어 있고, 잔가지에는 이끼가 매달려 있고, 나무를 타고 올라간 덩굴도 층층이 녹색 치마처럼 이끼로 온몸을 두르고 있었다. 부푼 빵처럼 수북수북 쌓여 있는 이끼들이 이끼양을 낳고, 이끼사슴을 낳고, 이끼뱀을 낳는 이끼의 산실 같았다.

　　가이드가 버스로 다시 모이라는 시간은 30여 분 남아 있었다. 아일랜드 남부 투어 일정은 킬라니국립공원의 원시림을 둘러보는 것으로 끝이었다. 여행의 마지막 코스라는 아쉬움 때문인지 우리 일행은 그야말로 걸음걸음마다 사진 찍기에 여념이 없었다. 여행은 사진이야. 남는 건 사진밖에 없어. 모자를 눌러쓰고, 선글라스를 머리 위에 핀처럼 꽂고, 서서, 앉아서, 혼자, 여럿이, 카메라를 보고 웃었다. '김치'와 '치이

즈'를 외치며 웃는 모습을 사진으로 남기는 일이 아일랜드 마지막 일정이라니. 나는 다른 곳을 찍는 척하며 슬슬 뒤로 처졌다. 사람들이 다니지 않는 숲길로 들어갔다. 길가와 멀리 떨어지는 불안감에 자주 뒤를 돌아보면서도 걸음을 멈추지 않았다.

나는 이끼로 덮인 바위를 조심스레 딛고 천천히 걸어 들어갔다. 발밑의 이끼는 푹신하면서도 미끄덩거려 발바닥에 의식을 모으고 중심을 잡아야 했다. 이끼를 밟고 있는 발바닥 촉감만으로도 이미 신세계에 들어왔다는 신비감을 느낄 수 있었다. 심호흡을 하자 축축한 공기가 코로 들어왔다. 눈으로 보고도 믿기지 않는 기기묘묘한 이끼 낀 나무들이 나무 인간처럼 서 있었다. 이 생경한 풍경 속에서 움직이는 것은 하나도 없었다. 이끼가 공중의 습기를 끌어당기듯 나를 잡아당기고, 나를 빨아들이는 것 같았다. 굵은 초록뱀 같은 나무들과 나무들 사이로 보이는 하늘마저도 믿을 수 없을 만큼 가깝게 보였다. 불안감에서 오히려 살아 있다는 안도감을 느끼는 혼란스러운 감정을 오랜만에 느꼈다. 나는 돌아서 나올 때를 염두에 두고 특이하게 생긴 돌 모양이나 동물 모양의 나무들을 표식처럼 눈에 새기며 걸었다. 몇 걸음 걷다가 오던 길을 뒤돌아보는 것을 잊지 않았다. 모든 사물은 앞모습과 뒷모습이 전혀 다르므로 앞이 뒤가 되고 뒤가 앞이 될 때를 염두에 두지 않으면 안 된다.

이끼들이 뒤를 따라오며 내 발소리를 지운다는 생각이 들었다. 내 존재를 숨겨 주는 듯했다. 내가 홀로 걷고 있는 동안 이끼는 타인의 접근을 막아 줄 것이라는 알 수 없는 믿음이 생기면서 영화의 한 장면처럼 주인공이 무슨 신비로운 힘에 끌려가는 장면이 떠올랐다. 갑자기 하늘에서 빛이 내려온다거나, 요정의 샘에 달이 뜬다거나, 나무가 걸어와 말을 시킨다거나, 마법의 주문에 홀려 내가 이대로 사라지기라도 한다면, 그것은 쌓이고 쌓인 이끼의 마법 때문일 것이다. 으스스하거나 신비하거나 둘 중 하나라면 신비한 쪽이었다.

대체 그곳이 어디였을까. 이끼가 파랗게 덮여 있는 동굴. 나는 잠시 눈을 감고 그 기억의 어둠 속에 머물렀다. 동굴 속에 켜진 촛불과 여자아이, 흐느낌 같은 기도 소리. 아일랜드 여행 중에도 기시감처럼 낯선 곳에 가면 늘 이 장면이 떠오르곤 했다. 관광버스를 타고 가다 가이드가 명소라며 곳곳에 내려주는 낯선 성, 낯선 고갯마루, 낯선 벌판, 낯선 절벽, 낯선 해변을 마주칠 때마다 예외 없이 이 장면이 머릿속을 스치고 지나갔다. 아일랜드를 여행하면 동서양을 막론하고 자신의 먼 먼 조상이 이 땅에서 왔다고, 아일랜드 피가 흐르고 있다고 우긴다는 말이 괜한 말은 아닌 모양이었다. 이곳에 오기 전 여행작가 책을 너무 많이 본 탓인가 싶기도 하지만 굳이 그쪽을 선택하고 싶지는 않았다. 꿈에 본 적도 없는 그 장면이 밑도 끝도 없이 지속해서 떠오르며 사라지지 않는 데에는 그만한 이유가 있을 거라고 나는 가볍게 흘려 버렸다.

숲으로 들어갈수록 물방울 속에 갇힌 것처럼 눈앞이 습기로 자욱했다. 이끼 숲을 보며 감탄사를 연발하는 소리, 사진 찍느라 시끌벅적하던 소리는 이제 완전히 사라져 들리지 않았다. 사방이 고요했다. 내 숨소리도 들리지 않았다. 아니 나도 모르게 숨을 참고 있었다. 어떻게

이끼 요정을 찾아서

이끼들이 모든 것을 고요하게 만들 수 있을까. 나는 긴장을 풀고 주위를 둘러보며 무슨 소리인지 희미하게 잡히는 소리에 귀를 기울였다. 소리는 작았지만 폭죽을 터트리는 듯 물소리가 이쪽, 저쪽에서 들려왔다. 나는 소리가 들려오는 곳의 방향을 가늠하느라 넓적한 이끼 바위에 올라섰다. 걸음을 멈추자 물소리는 조금 전보다 더 크게 들렸다. 물소리가 나는 곳을 따라 방향을 틀었다. 폭포였다. 규모가 크지는 않았지만 숲 곳곳의 폭포에서 피어오른 물안개가 산 위로 퍼져 올라가고 있었다.

폭포, 라고 읊조리며 나는 물가로 다가갔다. 수증기 같은 물방울이 분무하듯 맨얼굴에 닿았다. 얼굴이 금세 축축해졌다. 나는 패딩 속에 입었던 바람막이 방수점퍼를 벗어 겉옷 위로 껴입었다. 후드도 뒤집어 썼다. 방수막이 옷은 공교롭게도 연두색이라 이끼 숲에 들어가기 위해 일부러 갖춰 입은 예복 같았다. 숨을 쉴 때마다 습한 기운이 더 많이 도는 것 같다. 나는 이미 다른 영역으로 들어온 것을 알아차렸다. 그렇다면 예를 갖춰야 한다. 이 고요가 사라지기 전에 숲의 정령을 맞이하는 의식을 재빨리 치러야 한다. 신발을 왼쪽과 오른쪽을 바꿔 신는다. 눈을 감고 습한 이끼 냄새를 코로 흡입하고 아랫배에 푹 끌어 담는다. 자궁의 태아를 받치듯 불룩 튀어나온 아랫배를 손바닥으로 감싸고 참았던 숨을 길게 내쉰다. 이와 이 사이를 살짝 벌려 츠– 츠– 츠– 소리를 세 번 낸다. 내 의식에 응답하듯 바람이 일 때마다 물방울이 나무에서 떨어지며 신호를 보낸다.

나는 고요에서 나와 마주 선다. 언제 적 나인지도 모를 내가 혼자 이끼 숲에 서 있다. 키가 아주 작은 땅꼬마가 자신의 키의 몇 배도 넘는 나무를 올려다본다. 나무 끝에 공처럼 이끼들이 주렁주렁 매달려 있다. 이끼는 가지 끝까지 덮여 흡사 이끼 거인처럼 보인다. 녹색의 슬픈 눈으로 나를 내려다보고 있다. 금방이라도 내 뺨 위로 이끼 거인의 눈물이 떨어질 것 같다. 내가 아주 멀리 있는 것처럼 느껴진다. 바람 소리가 점점 커졌다. 커다란 천으로 내 몸을 휘감는 느낌이 들 만큼 바람이 몸 가까이에서 맴돌았다. 눈을 떴다. 이끼 숲은 눈을 감기 전과는 전혀 다른 세상처럼 다가왔다.

춤추는 요정같이 버섯들이 모여 있는 둥근 빈터에 다다랐을 때, 나는 언젠가 이런 숲에서 꼭 해보고 싶은 행위를 하고자 마음을 먹었다. 나는 가방에서 열쇠고리를 꺼내 흔들었다. 방울 소리처럼 영롱하지는 않지만 쇳소리는 이끼 숲을 깨우기에 충분했다. 그래, 이럴 때면 요정이 나타날 거야. 나무 밑동에 앉아 옷을 모두 벗고 그 옷들을 뒤집어서 단추를 반대로 채우면 마법이 풀린 요정들이 바로 눈앞에 나타날 거야. 요정이 깨어난다면 나를 미끄러뜨리는 거로 신호를 보내올 거야. 녹색 뱀이 길게 뻗은 것 같은 나뭇가지가 눈에 띄었다. 나뭇가지로 땅을 치면 요정이 나타날지 몰라. 나뭇가지를 주우려고 막 손을 뻗는 찰나, 나는 그만 쭉 미끄러지고 말았다.

요정은 나뭇잎으로 만든 옷을 입고 있었다. 넓은 이마와 두 눈 사이의 간격이 멀었다. 동글동글한 콧방울과 큰 눈만큼이나 커다란 입. 요정은 노래를 부르며 유리병에 물을 퍼 담고 있었다. 동글면서 긴 직사각형 모양의 유리병은 주홍색 선이 세로로 그어져 있는 단순한 문양이었다. 손으로 퍼 담는 물은 유리병으로 들어가는 게 아니라 마치 유리병 안에서 밖으로 흘러넘치는 것처럼 보였다.

당신은 무엇 때문에 물을 담고 있어요?

너를 위해서란다

내가 어쨌다는 거죠?

요정의 샘을 찾고 있지 않니?

어떻게 알았어요?

이곳은 이제 못물이 말라서 샘은 물풀과 이끼가 뒤덮게 될 거야. 그래서 내가 요정의 샘으로 너를 데려다주려고 이렇게 기다리고 있단다.

내가 어떻게 그곳에 갈 수 있어요?

내가 입으로 물고 가면 된단다.

이제껏 살아오면서 춥고, 배고프고, 혼란스럽고, 이해할 수 없는 혼돈을 이해할 수 있을 때가 올 거라고 믿는 동안 시간은 흐르고, 나는 그렇게 살아남아 여기까지 왔다. 헛뿌리로 생을 떠받치는 이끼처럼 어딘가에 들러붙어 사는 거야. 꽃도 피우지 마. 내 삶이 이러했었나? 그것을 깨닫는 순간, 나는 이끼 위에 털썩 주저앉고 말았다. 숲이 마법에서 풀려나는 건지 내가 마법에서 풀려나는 건지, 갑자기 으슬으슬 한기가 느껴졌다. 휴대전화가 부르르 떨었다.

김 선생님, 어디 계세요?

…….

모두들 차에서 기다려요. 아까 모흐 절벽에서도 늦으시더니… 얼른

차로 오세요. 기념품 가게 앞이에요.

　나는 빈 페트병을 들고 공원 입구에서 기다리는 차를 향해 뛰었다. 갑자기 누군가 나를 가로막았다. 녹색 모자에 녹색 조끼, 녹색 바지를 입은 금발의 여자가 서 있었다. 명찰을 가슴에 붙인 걸 보니 공원 관계자인 것 같았다. 녹색 눈동자를 가진 여자는 두 눈 사이가 멀고 빨간 립스틱을 바른 입은 컸다. 내 눈에는 틀림없이 요정이었다. 요정은 꽃 모양의 병뚜껑이 달린 물병을 내게 건네주었다.

무대의 약속

        무대 조명이 화이트에서 블루로 바뀌자 무대감독 줄리가 다가와 손바닥을 쫙 펴 보였다. 막 오르기 5분 전이라는 뜻이었다. 나는 벨벳 커튼 막 뒤에 바싹 붙어 섰다. 소란한 객석 소리가 아까보다 더 크게 들려왔다. 자리는 거의 찬 듯싶었다. 이제는 객석에서 들려오는 소리만으로도 자리가 얼마나 찼는지 가늠이 되었다.

     미국 순회 공연 여덟 곳 중, 일곱 번째 공연이었다. 태고종 스님들이 〈영산재〉를 무대에 올리는 공연이지만 스님들은 공연과 시연은 다르다며 부처님 말씀을 전하는 '시연'이라고 매번 고쳐 말했다. 산타바바라, 리버사이드, 매사추세츠, 뉴욕, 워싱턴, 캘리포니아, 그리고 이곳 버지니아 공연이 끝나면 마지막 하와이 호놀룰루만 남겨놓고 있었다. 영산재 장면이 넘어갈 때마다 시연의 차례를 알리는 대형 화선지를 넘기는 일이 나의 배역이었다. 관람자가 거의 외국인들이기에 한글로 쓴 글자를 알 턱이 없지만 일종의 무대미술 장치가 되는 셈이었다. 나

역시 무대의 소품처럼 서서 가능하면 객석의 시선이 나에게 쏠리지 않게 움직여야 한다고 줄리는 공연 시작하기 전이면 매번 주의를 주었다.

― 무대에서는 조명이 비치지 않으면 없는 것이죠. 그게 무대의 약속이에요.

막이 오른 후, 무대의 모든 움직임은 필연성을 갖는 구성이기 때문에 처음 움직임이 무엇보다 중요하다고 줄리는 전문가답게 말했다. 나는 다시 한 번 저고리 옷고름을 고쳐 매고 무대 중앙을 바라보았다. 스님들의 민머리 위로 무대 양켠에서 비추는 여섯 개의 엷은 푸르스름한 불빛이 새벽 안개처럼 떠돌았다. 무대 바닥으로 깊게 들어차 있는 불빛 속에 정좌하고 앉은 스님들은 물속에 잠겨 있는 섬처럼 보였다. 줄리가 손가락으로 오케이 사인을 보내자 커튼 막이 천천히 올라가기 시작했다.

나는 두어 걸음 뒤로 물러섰다. 조명이 흰 종이 위로 꽂히듯 내려왔다. 내가 서 있는 발치에서 불과 다섯 걸음 앞에 떨어진 불빛은 오늘도 여전히 나를 유혹했다. 머리로는 전혀 조명 아래에 설 생각도 없고, 조명을 받으면 안 되는 줄 아는데, 내 몸 어딘가에서는 끊임없이 조명을 받아 보라고 부추기는 소리가 들렸다. 무대 조명이 점점 밝아지며 오른쪽 막 뒤에서 연기가 피어나왔다. 무대는 순간, 물안개가 피어오르는 호수처럼 꿈틀거리기 시작했다. 나는 줄리가 일러 준 무대의 약속을 어기고 거침없이 무대 앞으로 나가 합장을 하고 인사를 했다. 조명 뒤에 숨어 있을 때는 객석이 환히 들어왔지만, 막상 조명 아래 서니 아무것도 보이지 않고 캄캄했다. 객석의 조명이 꺼졌기에 그들도 무대

뒤의 나처럼 없는 것인가. 나는 차례를 적은 커다란 화선지를 넘겼다. 하얀 화선지를 비췄던 조명이 꺼지고 무대 중앙의 종성을 치는 스님에게 핀 조명이 내려왔다. 내가 무대의 약속을 어기고 조명을 받고 들어오자 줄리는 아무 말 없이 마이크를 들고 다음 출연 스님에게 다가갔다. 일행 스님은 밖에 나갔다가 차에 치인 고양이 사체를 치워 주고 오느라 늦었다고 내 귀에 속삭이곤 재빨리 무대로 나갔다.

인생은
비눗방울처럼

박카스는 인사동 길거리 계단에 앉아 비눗방울 쇼를 바라보고 있다. 이때만큼은 박카스도 목구멍이 포도청이고 몸뚱이가 곧 밥인 현실을 잊어버린 채 넋을 놓는다. 비눗방울을 쫓아 고개가 뒤로 넘어가며 하늘이 보이는 순간, 눈앞에는 거대한 무지개가 세워지고 갑자기 비눗방울을 타고 날아오를 듯 몸이 가벼워진다. 가슴이 벌렁거린다. 비눗방울 쇼는 마지막 절정으로 치닫고 있다. 카우보이 모자를 쓰고 허리에 권총 혁대를 찬 쇼맨은 양동이에서 사다리 그물을 꺼내 들었다. 비눗물이 뚝뚝 떨어지는 그물을 들어올리며 쇼맨이 관중석 쪽으로 커다랗게 원을 그리며 돈다. 넓은 사다리 그물 안에서 고래 같은 비눗방울이 길게 따라 나온다. 한 마리, 두 마리, 세 마리…. 고래 비눗방울이 날아오른다. 아니 수면 위로 물을 뿜으며 고래들이 일제히 솟구쳤다가 물속에 잠기는 장대한 쇼가 박카스의 눈앞에 펼쳐진다. 관객의 환호성에 쇼맨은 다시 한 번 양동이에서 사다리 그물을 들어

올려 바람개비처럼 돌린다. 조금 전보다 더 큰 고래 비눗방울을 좇아 사람들의 눈길이 하늘로 날아오른다. 쇼맨이 카우보이 모자를 벗어들고 관객들 앞을 돈다. 박카스는 환호와 박수 대신 꼬깃꼬깃 접은 천 원짜리 지폐 한 장을 모자 속으로 던진다. 그러자 마술처럼 비눗방울이 모자 위로 피어오른다.

"우린 어쩌면⋯."

정신줄을 놓을 만큼 황홀감에 젖어 있던 박카스에게 찬물을 끼얹는 소리가 들렸다.

"우린 어쩌면 저런 비눗방울에 인생을 걸어놓고 사는 게 아닐까?"

박카스 앞에 앉아 있던 중절모가 옆에 있는 스카프의 손을 지긋이 잡아당기며 귓불에 숨을 몰아넣는다. 박카스는 중절모가 스카프에게 수작을 걸고 있다는 걸 본능적으로 알아차린다.

"그렇죠오? 문득 비눗방울이 얼굴을 드러내기 이전에 우리는 물거품일 따름이지요? 선상니임?"

스카프는 한술 더 떠 코맹맹이 소리를 내며 중절모가 잡아당기는 손을 못 이기는 척 엉덩이를 밀어 중절모 곁에 바짝 붙어 앉는다. 영감들과 일 치를 때처럼 가슴 한편이 휑한 헛헛함이 몰려온다. 재수 옴 붙었다. 중절모가 수작꾼이라 영양가는 별로 없어 보여도 스카프는 이곳에서 한 건 잡은 것 같다. 박카스는 자신도 모르게 빛바랜 꽃무늬 블라우스 앞섶을 여민다. 한때는 현란했던 꽃무늬도 박카스처럼 후줄근해졌다.

배고픈 하루는 길다. 박카스는 혹시나 하는 마음으로 쇼맨 앞에 빙 둘러서 있는 사람들을 곁눈질해 본다. 하지만 곧 눈길을 거둔다. 뚱녀가 사발면 하나를 끼고 앉아 있다. 오늘같이 데모대 식권도 못 받고 끼니를 놓친 날은 누가 시킨 것처럼 뚱녀도, 지팡이도, 야동맨도 비눗방울 쇼장에 모여든다. 뚱녀는 집적대는 지팡이에게 눈을 흘기며 누굴 기다리는 척 인사동 쪽으로 고개를 돌린다. 인사동 거리는 도떼기시장처럼 중국 관광객들로 북적댄다.

"벌써 끝났어?"

야동맨이다. 그도 종로3가 지하철 계단에서 쫓겨나 여기까지 걸어온 게 틀림없다.

"이거 다 팔 수 있었는데…. 단속이 떠설랑. 박카스도 이제 이런 거 사다 틀어 줘 봐. 늙은이들 죽여줄 텐데."

야동맨도 어지간히 배가 고픈가 보다. 선수끼리 장사라니. 박카스가 비눗방울 쇼에 취해서 아무것도 안 들린다는 표정으로 대꾸가 없자 야동맨은 슬그머니 뒷자리로 빠져나가 영감들이 모여 있는 곳에 전을 펼친다.

"노래 테프도 있어. 국산은 못써. 난 그건 안 팔아."

야동맨 수법이다. 여자 엉덩이가 클로즈업된 시디를 슬쩍 보여 주곤 엎어놓는다.

"살라면 사고 말라면 말아. 삼육십팔. 이구십팔. 사기 쳐봐야 칠천 원이야. 난 사기 안 쳐."

영감 하나가 시디를 만지작거리고 있을 때 야광 띠를 맨 단속 경찰 둘이 저벅저벅 걸어온다.

"떴다."

영감 하나가 야동맨을 막아 주며 나지막하게 질러 준다. 고래 비눗방울이 툭, 툭, 툭, 터지며 사라진다. 야동맨도 오늘 장사는 땡이다. 뚱녀는 또 먹는다. 계단에 퍼질러 앉아 왕뚜껑을 먹는다. 어디서 얻었는지 휴대용 김치까지 확보했다.

"여기서 이러시면 안 돼요. 그만 가시라니까요."

"나도 세금 내고 사는 국민이야. 씨발. 사람이 지나가다 쉬기도 하는 거지. 좋은 음악 있어서 공유하는 거야. 씨발. 공유."

막다른 길에 몰리면 쫓기던 쥐도 고양이에게 덤빈다. 박카스도 단속에 걸리기 전에 자리를 떠야 한다. 단속들에게 얼굴이 찍히면 이상하게도 어디서나 단속에 걸린다. 단속들도 박카스 얼굴을 공유하는 것일까? 삐라처럼? 박카스가 가방을 움켜쥐고 엉덩이를 들썩일 때, 쇼맨이 박카스를 부른다.

"자, 자, 저기 꽃무늬 블라우스 아줌마, 이리 나와 보세요. 마지막으로 최신 버전을 소개해 드리겠습니다. 무슨 일이 벌어져도 절대 놀라지 마십시오. 인생은 쇼, 쇼, 쇼."

쇼맨이 소리치자 흩어지려던 관객들이 다시 쇼맨 앞으로 모여든다. 박카스도 엉거주춤 쇼맨을 향해 돌아선다. 쇼맨은 권총 혁대에서 호루라기 같은 모형 권총 두 개를 꺼내 들더니 박카스에게도 불어 보라고 한다. 박카스는 쇼맨을 향해 권총을 쏘는 시늉을 하고 나서 총구에 입을 대고 후- 입김을 분다. 따발총 소리를 내며 비눗방울이 물속 공기방울처럼 피어오른다. 비눗방울은 하늘로 날아오르지 않고 쇼맨의 카우보이 모자에 다닥다닥 붙어 앉는다. 박카스가 총을 쏘고 입김을 불때마다 계속 나오는 비눗방울에 쇼맨의 모자가 사라지고, 얼굴이 사라지고, 팔이 사라지고, 몸이 사라지고, 다리가 사라진다. 순식간에 쇼맨은 비눗방울맨이 되었다. 쇼맨도 박카스를 향해 비눗방울을 날린다. 박카스 한 병이 삶의 터전이 되어 박카스를 먹고, 박카스에 숨고, 박카스에 갇혀 오색 날개를 꿈꾸던, 후줄근한 물거품에 불과했던 박카스 인생이 오색 영롱한 비눗방울이 되어 하늘에 둥둥 떠간다. 끈을 놓쳐 버린 풍선처럼 까마득하게 멀어진다. 시위대가 시가행진하는 안국동 길 위로 비눗방울이 날아오른다.

유행가 인생

　　사랑은 눈물의 씨앗이지. 남자는 말하네, 내 안에 눈물 씨앗들은 언제나 나비처럼 날아오르지. 사람들은 내 눈물이 날아다니는 나비를 보네.

　　사랑은 눈물의 씨앗이지. 여자는 말하네. 내 안에 눈물 씨앗들은 언제나 꽃처럼 피어나지. 사람들은 내 눈물이 피어나는 꽃을 보네.

3

미 로

여 행

출생의 비밀

옛날옛날 시골 마을에 홀어머니 밑에 자매가 살고 있었습니다. 맏딸은 돌아가신 아버지를 닮아 키도 컸고 인물이 좋았지만, 스무 살이 못 되어 그만 저세상으로 가버렸습니다. 혼자 남은 막내딸은 자그마한 키에 동그란 얼굴로 귀여운 처자였습니다. 특히 노래를 잘 불러 집안 잔치에는 맡아 놓은 '카수'로 이름을 날렸습니다. 처자의 노래 실력이 만천하에 입증되는 일도 심심치 않게 일어났는데, 그중 운명적인 사건 두 가지를 소개해 올립니다.

처자는 전매청 앞에서 담뱃가게를 하는 엄마가 돌아올 때까지 혼자 노래를 부르며 놀았는데, 창밖으로 흘러나오는 그 노랫소리가 얼마나 구성지고 애간장을 녹이는지 길 가던 사람들이 발걸음을 멈추고 창문에 매달리다시피 귀를 기울이곤 했습니다. "이것이 유성기 소리요, 사람 소리요?" 그렇습니다. 처자의 노랫소리는 '인간 유성기'라는 소문이 파다했지요. 어느 날 서울에서 왔다는 한 남자가 찾아왔습니다.

"저 처자를 서울로 데려가 스타로 만들어 주겠으니 저에게 파십시오."

남자가 스타 운운하며 딸을 팔라는 말에 처자 엄마는 이게 웬 날벼락인가 싶었습니다. '스타'라는 말을 모르는 처자 엄마는 어쩌면 자신이 아는 말인 서커스라고 짐작했나 봅니다. 처자 엄마는 소리치며 단박에 거절했습니다. "미친 소리 마시오. 설사 굶어 죽기로서니 서커스단에 아이를 판단 말이오?" "서커스단이 아니라, 카수입니다. 카수. 이제 앞으로 저런 애들 세상이 됩니다." "시끄럽소. 내가 혼자 산다고 나를 속여 먹일라 하오." 그리고 그날부터 처자 엄마는 처자에게 노래, 노자도 하지 못하게 했습니다.

그래도 타고난 기질이 어디 가나요. 동네 새로 부임한 음악 선생에게 그 잘하는 노래를 들켜서 교장 선생님 앞에 가서 노래 한 곡만 부르면 음악 공부를 많이 할 수 있다고 뽑혀 가는 사건이 일어났습니다. 그런데 운명의 신은 가혹하기도 하지요. 처자는 알 수 없는 이유로 교장 선생님 앞에서 단 한 소절도 입을 떼지 못하고 ― 처자는 노래를 못한게 아니라 안 했다고 항변하지만, 어찌 됐든 처자는 스타가 되는 가수의 길도, 우아한 성악가의 길도 가지 못하고 ― 방년 열여덟 어린 나이에 시집을 가게 되었습니다.

그 옛날 시절에 전매청 앞에는 큰 시장이 있었습니다. 시장 한가운데 큰 가게를 가진 주인 마나님은 아들 셋을 두었는데, 큰아들과 작은아들은 일찌감치 결혼을 시켜 손주까지 보았는데, 막내아들이 아직

배필을 찾지 못해 끙끙 앓고 있었습니다. 그도 그럴 것이 막내아들은 어렸을 때 나무에서 떨어져 오른팔을 쓰지 못하는 장애를 가지고 있었기 때문에 그 옛날 누가 멀쩡한 딸을 주려고 했겠습니까. 그런데 영리하기로 소문난 이 시장 마나님, 바로 담뱃가게 막내딸을 탐내고 말았네요. 아흔아홉 칸 고대광실은 아니더라도 큰 신작로에 기와집도 있고, 큰 가게도 가지고 있고, 아들 둘이 기마 경찰로 말을 타고 동네를 으쓱거리며 지나다니는지라 그만하면 집안이 번듯해 보이기도 했겠지요. 더구나 막내아들은 글도 잘 읽고, 손재주가 좋아 한 손으로 못 만드는 게 없고, 얼굴도 이목구비가 반듯해서 사진만 보면 양복 입은 일류 신사가 따로 없었답니다.

아는 것도 많고, 큰소리도 잘 치는 영리한 시장 마나님, 이 시장 마나님 영리한 건 가히 천재 수준에 가깝습니다. 글자 한 자 모르는 문맹인데도 불구하고 책이면 책, 문서면 문서를 줄줄 읽어 내려갑니다. 문자와 상관없이 손가락을 짚어 가며 내용을 자기 식대로 읽다가 끝맺음을 하는 글자, '-다' 혹은 '-소' 또는 '-오' 자를 기막히게 맞춰 낸다는 것이지요. 누군가 읽은 것을 통째로 암기했거나 상황 분석을 재빠르게 해서 문서 내용을 파악하는 천재성이 있었던 게 아닌가 짐작할 뿐입니다. 아무튼 어떻게 담뱃가게 마나님을 녹여 놨는지 두 마나님은 그만 사돈지간이 되기로 합의를 보았다지 뭡니까. "좋소. 내 딸을 주리다. 아직 어리고, 아비 없이 컸으니 사돈께서 잘 보살펴 주시오." 이러면 마치 아들 가진 시장 마나님이 딸 가진 담뱃가게 마나님을 속여 먹은 게 아닌가. 꼭 그렇지만은 않습니다. 때마침 담뱃가게 마나님 집에는 이

마나님을 마음에 둔 부잣집 남정네가 들락거렸는데, 그가 올 때마다 하나 있는 이 딸이 울고불고 생떼를 쓰며 그 남정네를 싫어했다지 뭡니까. 처자는 이렇게 생각했답니다. '어찌 나에게 아버지가 둘이 될 수 있단 말이냐. 이것은 사람의 도리가 아니다. 저 아저씨가 멍청한 우리 엄마를 꼬드긴 게 틀림없다. 내가 엄마를 지켜야 한다. 두고 봐라.'

그러나 처자는 세상일은 뜻대로 되는 게 없다는 사실을 그때는 미처 몰랐습니다. 쥐도 새도 모르게 두 마나님은 혼례 준비를 마치고 마침내 처자의 얼굴에 연지곤지를 찍고 가마를 태웠습니다. 울며불며 퉁퉁 부은 얼굴에 하얀 면사포까지 씌워 사진도 박아 주었습니다. '가벼운 슬픔은 수다스럽지만, 깊은 슬픔은 벙어리가 된다'고 누군가 말했습니다. 처자는 일생에 한 번 나올까 말까 한 마음속의 무어라 이름 붙일 수 없는 '슬픈 자비'의 빛을 보았고, 말없이 모든 상황을 받아들였습니다. 그리고 얼마 후 시장 마나님이 꿈에도 그린 막내아들의 첫딸이 태어났습니다. 그게 바로 저였습니다. 제가 태어난 그해에 올림픽에서 배니스터는 1마일(1,609m)을 3분 59.4초로 달렸습니다. 그전까지만 해도 세계 최고의 선수들은 4분 벽을 깨트리지 못했습니다. 그러나 그해 여름부터 인류가 갑자기 빨라지기라도 한 것처럼 다음해부터는 백 명이 넘는 선수들이 4분 벽을 돌파했습니다. 이런 일이 제가 이 세상에 태어난 것과 무슨 연관이 있는 걸까요?

붉은 달이
떴다

내 나이 열다섯 살이다. 수돗물은 잠겨 있고, 대문 바로 앞 골목에도 아무도 지나가지 않는다. 바람도 없다. 죽기로 작정하고 굶기를 이틀째. 나는 마당 수돗가에 나와 앉아 발등을 따뜻하게 비춰 주는 햇빛을 바라보고 있다. 햇빛은 어디에나 차별 없이 고루 비춰 준다는 일이 새삼스럽게 눈물겹다. 페인트칠이 벗겨진 낡은 대문도 환하게 비춰 주고, 대문 기둥 밑 사람 발길이 닿지 않는 곳에 핀 풀포기조차 환한 품으로 안아 주고 있다. 언제부터인가 꼬르륵거리며 배고픈 신호를 보내는 소리도 멎었다. 비밀 결사처럼 아무도 모르게 '굶어 죽기' 거사를 치른다는 우쭐함도 온데간데없다. 얼마나 굶어야 죽을까. 내일, 어쩌면 모레, 이 밝은 세상을 다시 보지 못할 것이라는 생각이 들자 햇빛이 더 찬란하게 빛난다.

아, 그런데 왜 이렇게 조용하지. 다들 어디로 간 것일까. 빈집에 나만 홀로 놔두고 어디로 간 것일까. 아니, 어쩌면 내 몸은 이미 죽었고,

지금 내가 보고 있는 것은 몸을 빠져나온 영혼이 내가 살던 곳을 보고 있는 것이 아닐까. 숨을 거두기 전 앉아 있던 수돗가에서 떠나지 못한 영혼이 조금 전 살아 있던 내 모습을 보고 있는 것은 아닐까. 눈을 감은 것처럼 귀를 감은 것 같아. 조용한 세상이 왜 이렇게 무서울까?

왜 살지? 영원한 의문이지. 유명한 사람들은 '왜? 무엇 때문에?' 이런 질문은 덧없고, 우스꽝스러운 독소라고 했어. 그래, 맞아. 나는 독을 먹었어. 아니, 나는 아무것도 안 먹기로 했어. 수면제를 모으거나, 팔목을 긋거나, 밧줄로 목을 매거나, 그런 전통적인 죽음의 길도 알고 있었지만 사실 어느 것도 실행에 옮길 수 없는 것들이었어. 그래서 나는 그냥 굶기로 했어.

'나는 왜 이럴까.'

내 일기장의 첫 문장은 늘 똑같은 암호로 시작했어.

"나의 불행? 장남의 무참한 죽음. 차남의 망나니짓, 딸의 불임, 나의 성적 불능, 변함없이 가난한 생활, 분쟁, 수차례의 고소, 편견의 대상이 되었던 일, 질병, 위험, 투옥된 경험, 아무런 공적도 없는 사람이 나보다 몇 배나 더 존경받았던 불공평한 현실. 하지만 다 아는 얘기는 이제 그만 접기로 하자."

책을 쓴 유명한 사람들은 다 아는 얘기니 그만 접자고 했어. 하지만 '죽음, 망나니짓, 불임, 성적 불능, 분쟁, 고소, 편견, 투옥, 불공평' 같은 사전에 나오는 어려운 말들, 나는 이런 걸 알 수는 없는 나이였어. 열다섯 살, 내가 아는 것은 변함없이 가난한 생활, 눈물, 술, 싸움과 같은 아주 단순한 것들이었어. 그런 것들은 내가 태어나서부터 알아온 것들이라 아주 익숙하지. 그거였어. 책에서 본 어려운 말들을 노트에 적어 끼고 살았지만 설명이 되지 않아서, 이해가 되지 않아서, 나는 굶어 죽으려고 작정을 했어.

굶고 지내는 하루는 너무 길다. 밥 먹는 시간은 불과 오 분도 안 되지만, 내 몸뚱이는 머리 꼭대기에서부터 발끝까지 '밥'이라는 시간으로 가득 차 있다. 다음날 낮에도 나는 수돗가에 나와 앉아 있다. 그때 처음 알았다. 수돗가가 우리 집에서 햇빛을 가장 오래 볼 수 있는 곳이다. 엄마는 빨랫감을 가지고 나와 함지박에 부려 놓고 수돗물을 튼다.

"비켜서라. 물 튄다."

나는 그 소리가 멀리서 나를 부르는 소리로 들린다. 나는 꼼짝하지 않고 앉아 있다. 사실은 힘이 없어서 물이 튀든 말든 아무래도 괜찮은 것이었다. 어차피 죽을 거니까.

"왜? 어디 아프냐?"

나는 깜짝 놀라 나도 모르게 고개를 들어 엄마를 쳐다본다. 엄마는 큰 고무통에 빨래를 담그다 말고 나를 빤히 바라본다. 내가 죽기로 작정한 걸 우리 식구들은 아무도 눈치채지 못하고 있다. 내가 말을 안 했으니까 모르는 건 당연하지만 그래도 어째 아무도 모를 수 있을까. 그런데 엄마가 처음으로 나에게 물었다. 나는 왜 그 물음에 그렇게 빠른 반응을 보인 걸까. 나는 아무 말 없이 방으로 들어와 팔베개하고 벽으로 돌아눕는다. 머리가 맑은가? 아니 머리가 욱신욱신하는가? 아니 눈이 아픈가? 아무 일도 없이 눈물만 난다. 갑자기 세차게 쏟아지던 수돗물 소리가 뚝 끊겼다. 엄마가 방으로 들어온다.

"일어나, 옷 입어."

엄마는 다짜고짜 내 팔을 잡아당겨 스웨터를 내 앞에 집어 던진다. 나는 아무 말 없이 스웨터를 팔에 꿴다. 대문을 나서는데 온 세상이 노랗게 환하다. 눈을 잘 뜰 수가 없다. 엄마는 화가 난 사람처럼 얼굴이 빨개져서 앞장서서 걷고 나는 고삐에 잡혀 끌려가듯이 엄마 뒤를 쫓는다. 큰길에 있는 병원에 가려면 시장통 골목을 지나쳐야 한다. 나는 아무 잘못도 없었지만 시장 가게 아줌마들이 혹시나 나를 알아볼까 봐 고개를 푹 숙이고 걷는다. 어? 엄마 발걸음이 멎었다. 바로 시장 끝 골목에 있는 조산원 앞이다. 나는 아무 영문도 모른 채 병원 복도에 있는 교회에서 본 긴 나무 의자에 쭈그리고 앉는다. 엄마가 웃으면서 원장실에서 나온다. 오 분도 되지 않아 내 얼치기 자살 소동은 끝난다.

엄마에게 내가 굶어 죽으려고 한 이유를 설명하는 것은 힘들었다. 내가 누렇게 뜬 얼굴로 엄마에게 털어놓지 못할 만큼 큰 고민을 하는 것은 아랫방 주희 언니처럼 필시 사고 쳐서 애 밴 일밖에 없을 거라는 게 엄마 생각이었다. 조산원에 다녀와서 엄마는 미음을 끓여 주고, 그 다음엔 닭죽을 끓여 주고, 그리고 또 다음은 김치에 밥을 주었다.

그날 밤 나는 벽도 없고, 문도 없는 마루방 내 책상에 앉아 일기를 썼다. 처음 일기장 암호문이 바뀌었다. '죽느니 사느니 다 아는 얘기는 이제 그만 접자'고 쓰는데 울음이 북받쳤다. 안방 라디오에서 들리는 이미자의 〈여자의 일생〉 노래가 나를 더 구슬프게 했다. 내 심정이 정말 유행가 가사와 똑같다는 생각이 들었다. 창자가 꼬이듯 배가 아프더니 오줌을 지린 것처럼 아래가 축축하다. 내 몸에 처음 붉은 달이 떴다. 가슴이 두근거렸다. 여자가 된 것이다. 바람이 분다. 우주에서 신호가 날아온다. 내가 보낸 신호에 답을 보내오고 있다. '생명을 나르는 수레'라고 책에서 본 어려운 말을 내 일기장에 옮겨 적었다.

춤추는 달

어린 나는 아이들이 모두 돌아간 놀이터 시소 위에 앉아 술 취해 돌아오는 아버지를 기다린다. 칠이 벗겨진 허름한 시소와 미끄럼틀, 철봉 두 개가 전부인 모래 바닥 놀이터지만 해 떨어지기 전까지 아이들이 늘 북적였다. 나는 바닥에 주저앉은 시소 위에서 하늘을 올려다보았다. 달빛 속에서 반짝이는 모래들이 흘러내린다.

어쩐 일인지 아버지가 술기 전혀 없는 얼굴로 내 옆에 앉아 있다. 시장 골목 술집 식당, 술집 아줌마가 쉰 목으로 고함 지르고, 욕을 퍼부어 대면 아버지는 비틀거리는 몸으로도 술집 벽에 기대놓은 자전거를 끌고 온다. 술병만큼이나 아버지를 지킨 낡은 자전거를 놀이터 벤치 옆에 비스듬히 세워놓고 아버지는 나와 똑같이 등나무에 걸린 달을 바라본다.

"오늘은 술 안 들었어요?"

"죽도록 마셔 죽었으니 더 원하는 게 없어."

"그런데 어쩐 일이세요."

"네가 그린 그림이 보고 싶어서…."

"무슨 그림요?"

"덕수궁으로 사생대회를 나갔던 적 있었지. 그때 날 흘깃 보더니 아무 말 없이 그림만 그렸지."

"저도 생각나요. 정말 아버지, 왜 거기에 오셨던 거예요?"

"애야, 모든 걸 말로 이해하려고 드는 버릇은 여전하구나."

"술 취하지 않은 아버지가 이상해요."

"취하지 않고 어떻게 네 그림을 볼 수 있었겠니. 그때 네가 그린 그림 생각나니? 도화지에 잎도 꽃도 없는 나무 몸통들만 빼곡하게 그렸었지. 구불구불한 나무들은 뱀 같기도 하고 이리저리 갈라진 길 같기도 했지. 나는 단박에 네가 그림쟁이가 될 줄 알았지."

"그림쟁이는 모르겠고, 그때 왜 그렇게 이파리도 없는 나무 몸통만 그렸는지 모르겠어요. 하지만 그때가 좋았어요. 아버지가 놀이터에 꼭 오셨잖아요."

"시간은 기억 속에만 있는 거란다. 춤추는 달처럼 말이다."

"춤추는 달요?"

"계수나무가 서 있는 집이란다. 하늘처럼 맑은 술 항아리에 보고픈 얼굴이 비치는 곳이지. 술 익는 소문이 퍼지면 잎도 꽃도 없던 나무에서 희디흰 꽃들이 다투어 피어난단다. 그 꽃을 춤추는 달이라고 부르지."

떠나가는 길에는 항상 다급한 인사가 있다.

"얘야, 시간을 잊어라. 그래야 술도 익고, 춤추는 달이 보인단다."

꿈을 깨운 건 한기를 느끼게 하는 바람이었다. 창문을 열어놓은 채 잠이 들었나 보았다. 나는 하늘을 처음 보는 사람처럼 올려다보았다. 달도 별도 없다. 술을 안 들면 하루 내내 단 한마디도 하지 않았던 아버지의 슬픔은 어디에 부려놓고 아버지는 그렇게 가볍게 꿈길을 걸어온 걸까. 아버지의 한 생애를 술꾼으로 간단하게 정리한 나에게 아버지는 무슨 말을 해주고 싶은 걸까. 둥그런 몸을 부풀릴 대로 부풀린 보름달을 자전거에 싣고 아버지는 어디로 흘러가는 걸까.

뼈의 내력

　　뼈할아버지는 일어선 채로 누워 있는 나를 내려다보았다. 눈을 뜨고 있기도 겁나고 눈을 감기도 겁났지만 나도 모르게 눈을 감고 말았다. 나는 겁먹은 일 앞에 서면 늘 이렇게 외면하면서 살아왔구나 하는 생각이 들었다. 뼈할아버지는 내 발치에 앉아 발목을 잡아당기다 힘없이 탁 놓았다. 뼈할아버지만의 진단법인 듯싶었다. 사람은 왼다리와 오른다리 길이가 약간씩 차이가 난다고 한다. 그 차이에 따라 질병을 찾아내는 진단법이라는 걸 어디선가 들은 적이 있었다.

　　"팔을 내려 봐요."

　　나는 가슴에 얹었던 두 팔을 내려 옆구리에 나란히 붙였다. 말이 떨어지자마자 두 팔을 내렸지만 나는 마치 항복하는 사람처럼 두 팔을 번쩍 들고 아무것도 쥔 게 없으니 살려 달라는 신호를 보내는 것같이 느껴졌다. 가슴에 움켜쥐고 내보이면 안 될 것들이 많았던 것일까. 잠을 잘 때도 나는 두 손을 가슴에 잘 얹고 자는데 막상 손을 떼니 가슴이

구멍 뚫린 것처럼 휑했다. 이 나이에, 아픈 몸으로, 더는 감추고 말고 할 게 뭐 있다고 가슴을 움켜쥐고 있었는지 허탈감이 몰려왔다.

"몸이 많이 고달팠네그려."

나는 눈물이 왈칵 쏟아졌다. 아무에게도 들키지 않으리라 움켜쥐고 있었던 것들이 손쓸 사이도 없이 까발려진 기분이었다. 툭 하면 발목을 삐어 한 달이 멀다 하고 부항을 뜨던 복숭아뼈, 무용 연습하다 무릎의 인대가 꼬여 상한 무릎뼈, 기성회비를 못 내서 복도에 무릎 꿇고 앉아 벌설 때 참을 수 없이 저리던 종아리 통증, 운동화를 잃어버려 체육관 2층에서 죽을 각오로 뛰어내리던 기억들이 슬라이드 필름처럼 둥둥 떠다녔다.

중학생 때였다. 학교 체육관에 들어가면서 실내화로 갈아신고 운동화를 체육관 안에 두고 나온 것이다. 집에 돌아갈 무렵 나는 운동화가 든 신발주머니가 없다는 사실을 알게 되었다. 해진 운동화를 남에게 보이기 싫어서 일찍 학교에 가고, 실내화를 갈아신을 때도 뒤로 물러섰다가 맨 나중에 신고 나오곤 했었다. 새것을 사달라고 조르고 조른 끝에 얼마 만에 산 운동화인지 몰랐다. 나는 체육관으로 다시 갔다. 열려 있던 문은 어느새 잠겨 있었다. 새 운동화를 잃어버린 채 집으로 돌아갈 수는 없었다. 나는 체육관 밖으로 난 계단을 통해 2층으로 올라갔다. 마침 체육관 객석으로 들어가는 문은 열려 있었다.

나는 체육관 아래를 내려다보았다. 새 운동화가 들어 있는 검정 신발주머니가 아래층 출입문 앞에 놓여 있었다. 나는 겁도 없이 뛰어

내리기로 작정했다.

　매트 한 장을 아래로 던졌다. 그리고 빠삐용이 자유를 향한 집념으로 바다에 뛰어든 것처럼 나는 운동화를 향한 일념으로 체육관 아래로 몸을 날렸다.

　등뼈가 둥그렇게 휘어지는가 했더니 바닥에 고꾸라지는 순간, 꼬리뼈가 으스러질 듯 아팠다. 나는 매트에 한참을 누운 채 꼼짝할 수 없었다. 누워서 보니 어마어마하게 높은 체육관 천장이 절벽처럼 느껴졌다. 창밖은 벌써 어스름이 깔리며 어둑해지기 시작했다. 나는 간신히 기어서 신발주머니를 가슴에 안았다.

　내 뼈의 수난은 여기서 끝나지 않았다. 수술대에 누워 사지가 묶이고, 척추 교정기를 몸에 감고 무덤가를 돌고, 방 한 칸 구할 수 없어 친구 집 창고에 이삿짐을 부려놓고 도망치다시피 들어간 암자에서 좌선 중에 허리가 무너지던, 찬란한 통증들이 불꽃놀이 하듯 이어졌다.

　"힘을 쭉 빼고 편안하게 머리를 툭 떨어트려요."

　뼈 할아버지는 흡사 제물로 바칠 머리통인 양 두 손으로 내 뒤통수를 받쳐들었다. 순간, 빛보다 빠르게 목을 탁, 꺾었다. 나는 죽었다 살아난 것처럼 눈을 번쩍 떴다.

　뼈는 그 많은 내력을 어떻게 감추고 멀쩡히 걸어 다녔을까?

할머니의 달

　　오래 누워 계신 할머니의 잔기침 소리가 들렸습니다. 썩어 주저앉은 쪽마루에 무춤하니 앉아 고양이 등을 쓰다듬고 있던 손녀가 먼지처럼 풀썩 일어났습니다. 손녀는 우물가로 달려가 고양이를 던졌습니다. 두레박이 풀렸습니다. 해골처럼 검은 우물 안에 고양이 울음소리가 번졌습니다. 철벅철벅 우물 안을 허우적거리던 두레박이 올라왔습니다. 고양이 눈물은 고스란히 놋대야에 옮겨 앉았습니다. 할머니는 목련꽃 꽃망울이 드문드문 맺힌 홑이불을 머리꼭지까지 덮고 있습니다. 홑이불을 스르르 걷어내고 손녀는 백골처럼 누워 있는 할머니를 일으켜 벽에 기대 앉혔습니다. 마른 똥이 떡지게 붙은 머리칼에 할머니는 동백기름인 양 놋대야 물을 찍어 발랐습니다. 누런 금가락지가 헐렁하게 돌아가는 갈퀴 같은 손가락이 참빗인 듯 반듯한 가르마를 타고 흘러내렸습니다. 저어기, 김해 만경 옥천사, 절이여. 물이 을메나 맑고 시린지 절 이름이 옥천사 아니것냐. 느그 할아버지 땀시 절을 떠났제. 남정네 따라가는디 중 옷이 뭔 필요 있것냐. 고이 벗어 법당에 올리고 달이 훤한 산길을 내려오는디, 엄니헌테 끌려서 삭발하던 밤처럼 말여, 소쩍새가 으찌나 섧게 울던지 말여, 눈앞을 가려서 말여. 아가, 시방 저 피터지게 우는 소리가 소쩍새 소리 맞지야? 그때였습니다. 할머니는 죽은 핏빛 같은 홑이불 위로 덜컥 고꾸라졌습니다. 할머니가 거울처럼 반짝이는 놋대야 속으로 들어서자, 낡은 다락문을 지키고 있던 거북이며 사슴이며 학들이 대나무 숲을 등에 업고 따라 들어갔습니다. 부뚜막에 앉아 있던 고양이가 굴우물을 돌아 대문을 나서고, 컹컹컹 늙은 개가 어디쯤 달이 있나 찾아보며 짖어 대고 있습니다.

새의 길

할머니가 돌아가시자 엄마는 골방에서 재봉틀을 꺼냈다.
골방에서 헌옷 바구니나 방석 같은 허드레 물건들을 올려놓는 나무
선반에 불과했던 재봉틀은 둔갑술이라도 부린 듯 머리와 팔다리가 생
겨나며 사람처럼 방 한가운데 자리했다. 엄마는 칠이 벗겨진 재봉틀
뚜껑을 열고 몸통을 드러내 상판에 고정하고, 발틀 문을 열어 작은 의
자를 꺼내 놓고, 바퀴에 가죽 피댓줄을 감았다. 엄마가 한쪽 발로 발판
을 꺼덕꺼덕 밟자, 재봉틀은 돌돌돌 소리를 냈다. 마치 심장이 쿵쿵쿵
뛰는 소리 같았다.

어린 나는 툇마루에 쪼그리고 앉아 재봉틀이 알을 깨고 나오는
새끼 새 같다는 생각을 하는데 왠지 눈에 눈물이 돌았다. 알에서 막 깨
어나 고개도 들지 못한 채 젖은 날갯죽지를 파득거리는 새가 어린아이
눈앞에 있었다. 꿈을 꾸는 것일까. 아가 우지 마라. 느그 할마씨가 우리
강아지, 강아지 하며 그리 이뻐하더니만…. 어린것도 할매 돌아간 걸

아는 게지. 아가 우지 마라. 우지 마라. 내 머리를 쓰다듬으며 지나가는 어른들의 그림자가 새의 날개처럼 푸드득거렸다.

삼촌이 상복 지을 광목을 필로 메고 들어왔다. 삼촌은 마루에서 재봉틀이 있는 방이 하얗게 덮이도록 광목을 풀고, 풀고, 풀고 끝도 없이 풀어놓았다. 엄마는 가윗밥을 매긴 대로 광목을 죽죽 찢어 재봉틀 옆에 던져놓았다. 어른들은 치마 몇 개, 저고리 몇 개, 치마 기장이 얼마, 저고리 품이 얼마, 화장이 얼마, 알 수 없는 숫자를 엄마에게 말했다.

엄마는 재봉틀에 앉아 발판을 굴렸다. 온종일 재봉틀이 돌돌돌돌돌 돌아가고 바늘땀이 새의 발자국처럼 찍힌 흰 광목 길이 마술처럼 재봉틀에서 흘러나왔다. 멈추지 않고 돌아가는 재봉틀 소리가 마루에서 간간이 흘러나오는 곡소리와 섞여 돌아갔다. 엄마는 손끝 지문이 닳도록 재봉틀을 돌리며 할머니가 가시는 하얀 광목 길을 깔아놓았다.

어린 나는 광목을 머리에 뒤집어쓰고 앉았다. 광목 속의 하얀 세상은 내가 살던 곳과 전혀 다른 곳이었다. 마치 하얀 우유병에 들어간 새가 된 기분이었다. 날개를 고이 접고 실같이 가느다란 붉은 살빛 발가락을 가슴에 모은 채 죽은 새가 떠올랐다. 엄마가 발을 구르며 돌리는 재봉틀 소리는 한 번도 들어 본 적 없는 악기 소리처럼 들렸다.

광목 바깥의 보이지 않는 곳에서 들리는 그 생소한 소리는 엄마가 있는 세상과 어린 내가 있는 세상이 완벽하게 다른 곳임을 알려주는 소리이기도 했다. 어린 나는 엄마를 다시 보지 못할 것 같은 두려움에 광목을 걷어내고 얼굴을 내밀고 싶었지만, 눈을 감고 가만히 고개를 숙였다. 가슴이 콩콩콩 뛰었다. 나는 광목을 귀에 댄 채 방바닥에 엎드렸다. 철썩거리는 파도 소리가 들리는 것 같더니 점차 낮고 깊은 소리가 귓가에 웅웅거렸다. 나는 그 소리가 별들이 흘러가는 소리인 것을 알고 있었다. 내 몸은 점점 작아지고 가슴이 부풀어 올랐다. 양팔은 날개처럼 가벼워지고 두 발도 나뭇가지보다 더 가늘어졌다. 부풀어 오른 가슴은 여전히 팔딱팔딱 뛰고 있었다. 이윽고 나는 날개를 활짝 폈다.

부엌에 모인 작은엄마, 올케언니들은 막 김이 오르기 시작한 밥솥을 지켜보고 있었다. 사잣밥을 짓는 밥솥 뚜껑을 큰엄마가 열기만을 기다렸다. 큰엄마가 행주로 싼 밥솥 뚜껑에 손을 얹은 채 한참 뜸을 들였고, 다들 아무 소리 없이 숨을 죽이고 솥뚜껑만 응시했다. 마침내 밥솥 뚜껑이 열리자 자욱하게 김이 서려 아무것도 보이지 않았다. 큰엄마가 손부채를 치며 조용히 말했다.

"새 발자국이야. 여기 봐, 확실하게 찍혀 있네. 새가 되셨나 봐. 그리 분명하게 사시더니 가는 길도 확실하게 증표를 남겨놓네. 이보게, 얼른 나무새랑 사잣밥을 챙겨 대문 앞에 갖다 놓게나."

부엌문이 열리자, 뿌연 김이 살아 있는 무엇처럼 획 빠져나갔다.

미로 여행

　　　　　나는 인생의 길이 미로 여행이라는 말을 받아들이는
세대다. 아니 오히려 인생은 미로를 헤매다 끝난다는 말이 적어도 거짓
은 아니라고 손을 들어주는 편이다. 언제부터였을까. 길을 나서면 내가
}갈 곳은 온데간데없어지고 발걸음을 멈추게 하는 건 막다른 골목이
었다. 그러나 나는 막다른 길에 주저앉는 법을 몰랐다고 해야 옳다. 늘
길을 찾아 나가야 살길이라고 알았다.

　　나에게 '길 찾기'는 죽느냐, 사느냐, 생사가 걸린 문제였기에 비리와
음모와 술수를 마다하지 않았다. 날달걀 세우기 게임처럼 달걀을 깨트
려서 세우기만 하면 되는, 허를 찌르는 술법은 기본기라고 할 수 있다.
몸으로 밀어붙이는 싸움닭도 마다하지 않았고, 술과 담배, 여자든 남자
든 그 배역에 홀려 잠시 길을 잃어 본 적도 있다.

　　때때로 기차가 막 떠나려는 찰나, 간신히 차문에 매달려 얻어 탈 수
있는 행운이 찾아오기도 했다. 좌석에 앉지도 못하고 복도에 서서 이리

저리 밀려도 달리는 기차 안에서 걷는 사람들을 바라보는 성취감은 영화 제목처럼 이보다 더 좋을 순 없었다. 아주 드물게 입석 표를 가지고 창가 좌석에 앉는 기적도 일어난다. 그러나 기적은 일어나는 순간 바로 낭떠러지라는 것을 아는 데는 그리 오래 걸리지 않는다. 다들 이런 경험이 있지 않은가. 더 긴 설명은 필요치 않을 것이다. 기차가 떠나기 직전 좌석표를 들고 내가 앉은 자리로 몰이꾼처럼 다가오는 신사와 숙녀. 나는 자리에서 쫓겨나면서도 교양 있는 웃음으로 초라한 나를 포장한다. 그 신사와 숙녀를 언제 어디서 만날지 모른다는 비굴한 생각에 어이없게도 그들에게 머리를 조아린다. 어이없다는 건 변명이다. 그게 바로 나인 것이다.

인연을 소중히 한다. 양심적이어야 한다. 겸손해야 한다. 함부로 남을 평가해서는 안 된다. 착한 끝은 있으니 참고 견뎌야 한다. 꿈과 희망을 심어 주는 아름답고 훌륭한 말씀들. 말씀으로 배부른 나의 희망은 어김없이 미로를 남겨 준다. 미로는 점점 더 복잡하고, 점점 더 꼬이고, 점점 더 많은 막다른 길을 만들어낸다. 이런 일이 반복되면 나는 더 깊은 사색에 잠기곤 한다. 무엇이 잘못된 것일까. 어떻게 해야 이 곤궁에서 벗어날까. 막다른 길을 돌아 나올 때 힘들어하는 너에게 위로를 해줘라. 이 거룩한 말씀을 낚아채는 순간, 막다른 길을 훌쩍 넘어가길 바라는 초월을 꿈꾸지 않는 자가 어디 있겠는가. 티베트 전사를 찾아가기로 한다거나, 지구별 사진관을 차리는 어린 왕자를 꿈꾸지 않은 자가 어디 있겠는가.

찾아가야 할 길은 본래 없다!
꿈을 깨라!
네가 서 있는 자리가 바로 우주다!
그렇게 미로는 바오밥나무처럼 마구 자란다.

사레들리다

1

방바닥이 냉돌이다. 나무판을 붙여 놓은 것처럼 등이 바르다. 눈을
뜬다. 어둠이 갑작스럽게 눈을 덮는다. 아, 절이지. 잘 때도 정신없이
자더니 깰 때도 정신없이 깬다. 잠은 어디서 와서 어디로 가는 걸까. 오
늘도 잠 도둑은 잡지 못했구나. 쓸데없는 생각으로 또 하루가 움직이
기 시작했다.

2

정낭淨廊은 요사채 뒤 계곡 쪽으로 멀리 떨어져 있다. 해우소解憂所
라는 말도 있고, 뒷간도 있고, 변소도 있고, 화장실이라는 말도 있는데
나는 굳이 정낭이라는 말로 멋을 부린다. 정낭은 말 그대로 내 안의

더러운 것을 몸 밖으로 비워 내 나는 '깨끗한 집'이 되었다는 것이다. 나에게 '깨끗한 집'을 만들어 주는 그 집은 집이라고 하기가 민망할 정도다. 계곡에 구덩이를 깊게 파고 널빤지를 앉혀 놓은 게 고작이다. 가벼운 몇 걸음에도 널빤지가 출렁거리고 철판 지붕에서 녹가루가 떨어진다. 나무 고리를 벗겨 내자 안에서 누군가 밀고 나오듯이 문이 확 열린다. 열린 문 앞에서 잠시 바닥을 내려다본다. 구멍 가장자리로 오줌 자국이 퍼져 있다. 발끝을 밀며 두 발을 구멍 사이에 얹는다. 내려 벗은 바지춤을 싸잡고 웅크려 앉는다. 문턱에 벌집 두 채가 내려다보고 있다. 싸리 담처럼 빼곡하게 박힌 철쭉 가지들이 한데 나앉은 것 같은 불안을 가려 준다. 철쭉꽃이 피면 뒷간에 들어앉은 몸이야 가려 주는지 모르겠다. 달빛이 지랄같이 피는 밤이면 두견주 마신 듯 벌떡거릴 마음은 어쩔지 모르겠다. 오줌 떨어지는 소리가 참을 수 없는 웃음소리처럼 들려온다. 아, 해우소지. 이런 쓸데없는 생각을 하느라 구멍 속으로 떨어진 똥덩이 한번 제대로 보지 못한 채 정낭을 나온다. 철쭉 담을 돌아서는데 부목 할아버지가 마대를 끌고 온다. 할아버지는 삼태기에 두엄풀을 담아 계곡 아래로 내려선다. 뭐 하려나 싶어 쫄레쫄레 뒤를 따른다. 이게 뭐예요? 꽃처럼 묻자, 두엄풀이구먼, 솔가리 같은 답이 온다. 밑도 끝도 없이 똥 치는 구멍 속으로 할아버지 머리가 들어가고, 가슴이 들어가고, 허리가 들어간다. 똥덩이 위로 두엄풀이 날린다. 날이 밝아 오는데 흐릿해진 달이 아직 서쪽에 남아 있다.

사레들리다

3

아침 공양을 마치고 천숫물이 든 양동이를 들고 밖으로 나간다. 천숫물은 아귀가 받아먹는다. 절구통같이 큰 뱃구레를 채워야 하는 아귀는 목이 실오리처럼 가늘다지? 싸리 울타리에 천숫물을 쏟아붓는데 물벼락 치듯 사례가 들렸다.

산중 차담

- 질문 없습니까?

- 사는 데 기쁨이 있습니까?

- 사는 게 힘들지 않나요? 이런 질문은 들어 봤어도⋯. 기쁨이 있느냐는 질문이 왜 이렇게 당혹스럽죠?

- 대학 다닐 때 일이 떠오르네요. 어느 교수님이 '그대들은 어느 때 기쁨을 느끼는가' 하고 물었습니다. 그때 무슨 생각으로 말했는지 모르지만, 싫은 것도 좋은 것도 없이 텅 비어 있을 때가 기쁘다고 대답했습니다.

- 기쁨의 반대가 뭘까요?

- 슬픔이죠.

- 그러면 사는 데 슬픔이 있습니까? 이렇게 물으면 어떤가요?

- 머리에 뜨는 게 많네요.

- 저⋯ 기쁨의 반대는⋯ 아무것도 느낄 수 없는 것⋯. 느끼지 못하는 것⋯.

그때였다. 새 한 마리가 차담 방 유리창 쪽으로 쏜살같이 날아왔다. 유리창에 머리를 박고 새는 땅으로 뚝 떨어졌다. 그야말로 눈 깜짝할 새에 벌어진 일이었다. 차담을 나누던 사람들은 일제히 창문 쪽으로 눈을 돌렸다. 그리고 비명을 지르는 사람, 창가로 달려가는 사람, 찻잔을 거두는 사람, 멍하니 창밖을 보며 앉아 있는 사람, 마당으로 뛰어나가는 사람, 팔짱을 낀 채 그 자리에 앉아 방바닥을 뚫어지게 쳐다보는 사람으로 갈라졌고, 마당으로 뛰어나간 사람이 죽은 새를 집어 들고 산속으로 들어갔다.

명태간장

　　　"통북어를 사다가 물에 하룻저녁 푹 불궈. 전화로 어째 일일이 말해."

　　"전화로 하면 힘들까? 암튼, 통째로 불궈?"

　　"그러지. 바짝 마른 북어라 칼도 안 들어가니께."

　　"그다음은?"

　　"물에 불려났으니 북어가 몰랑몰랑해져. 토막을 내. 아니다. 지느러미랑 손질 먼저 해야 혀. 근데 명태 간장은 왜?"

　　"아니, 엄마가 해주는 거는 엄청 맛있는데, 나는 매번 실패를 하더라고."

　　"뭐, 실패고 자시고 할 게 있어. 그냥 간장만 넣고 끓이는 건데."

　　"암튼. 알았어. 계속 설명해 봐. 누가 알아, 유튜브에 올려서 대박날지?"

　　"무슨 두부?"

"엉? 두부? 아하하하, 유튜브. 그런 거 있어. 얼른 또 설명해 봐."

"지느러미랑 수염이랑 가위로 싹 다듬어. 아가미도 떼내고. 그리고 토막을 쳐."

"토막? 얼마큼?"

"적당히. 요 손가락만 허게. 그럼 네 개나 다섯 개나 나올겨."

"머리도 넣어?"

"그럼, 대가리가 들어가야 구수한 맛이 우러나."

"대가리가 구수하구나. 그다음은?"

"냄비에다가, 냄비는 두꺼운 게 좋아 푹 끓여야 하니께. 물을 한 바가지 넣고, 무 넣고, 명태도 넣고 끓이면 끝이여."

"간장은 안 넣어?"

"명태간장인데 간장이 안 들어가면 쓰간디? 간장으로만 간을 하는겨."

"그니까. 간장을 언제 넣어?"

"아까 말했자녀. 물 한 바가지에 간장, 무, 명태 다 넣는다고."

"간장을 얼마큼 넣는데. 소금은 안 써?"

"조선간장으로만 간을 해야 혀. 간장을 너 봐서 짭쪼름하면 된 거여. 맛을 봐야지."

"그리고 뚜껑을 덮고 끓여?"

"무가 푹 익었다 싶으면 마늘 한 숟갈 넣고 한소끔 끓이면 끝이여."

"무가 얼마큼 익어야 되는데? 설컹설컹하면 꺼?"

"아따, 무가 푹 익어야지 설컹설컹하면 어쩌. 무가 익으면서 간장물이 들어서 볼고소롬해져."

"큭큭. 알았어. 무가 볼고소롬 익으면 불을 끈다 이거지.""

"뚜껑을 열어놓고 차게 식혀. 이건 찬 음식이여. 차고 짭쪼름하고. 여름에는 냉장고에 넣어야 돼."

"근데 명태간장은 언제부터 먹었어? 절 음식이라고 했잖아, 엄마가."

"몰라. 나 시집 가니까 느그 할머니가 제사 때마다 하고, 명절에도 하고 그래서 나도 했지."

"근데 왜 절 음식이라고 해?"

"느그 할머니가 절에 살았잖아."

"절에서 북어를 먹어?"

"아고, 시끄러. 쓰잘데기없는 소리 그만 하고 얼른 가서 북어나 물에 담궈. 낼 함다면서."

4

이구아나의 겨울

수정구水晶球
속으로

　　나는 수정구 속으로 천천히 걸어 들어간다. 희뿌연 우윳
빛 안개가 개울 기슭을 따라 멀리 이어져 있다. 잿빛 나무들이 숲 속의
은자隱者처럼 안개를 뚫고 불쑥불쑥 나타난다. 그때마다 동심원을 그리
며 수정구 한가운데서 파문이 일어난다. 수정구의 저 깊숙한 안쪽으로
부터 환한 빛다발이 쏟아진다. 내 몸은 유리처럼 투명해져 작은 개울을
건너고, 배밭이 있는 언덕을 넘고, 파밭을 지나친다. 아이가 뛰어간다.
순간, 나는 걸음을 멈추고 고개가 절로 흔들어지는 것을 느끼며 하늘
다람쥐를 쫓고 있는 아이를 바라본다. 아이에게 다가서려 했지만 아이
모습이 희끄무레 흐려진다. 눈을 뜨자 모든 것이 캄캄하게 사라졌다.

　긴 잠에서 깨어난 나는 멍한 상태에서 천장을 쳐다보며 꼼짝 못 하
고 누워 있었다. 눈을 뜨자마자 낯선 방안이 마치 무덤 속처럼 느껴졌
기 때문이었다. 여긴? 나는 무거운 몸을 간신히 일으켜 벽에 등을 기대
고 앉았다. 그리고 눈길을 천천히 옮기며 방안을 살펴보았다. 누렇게

바랜 벽지가 군데군데 뜯겨 나간 벽, 쥐 오줌 때문인지 빗물이 스며든 때문인지 검은 곰팡이가 얼룩얼룩한 천장, 귀퉁이가 삐그러진 알루미늄 문틀에 의지하고 있는 먼지 낀 유리창, 그 아래 방과는 전혀 어울리지 않게 청동 좌대 위에 놓인 수정구, 그런 것들을 하나하나 살피고 난 뒤에야 나는 내가 왜 이곳에서 잠이 깼는지 기억해 낼 수 있었다. 그리고 죽음을 실감나게 느껴 보기 위해 관에 들어가 누워 보는 명상수련법이 있다는 선배의 말이 떠올랐다.

오갈 데가 없다는 내 말을 잠자코 듣고 있던 선배는 어디론가 전화를 했었다. 등을 돌리고 서 있는 선배의 통화 내용에 귀를 기울이며 초조하게 가슴을 졸였던 기억이 났다. 거기 지금 누가 들어가지 않았죠? 아니 제가 아니라, 여자 혼자예요, 하는 일이 없으니까 마침 잘 됐다 싶네요, 하고 말하는 선배의 말투가 사뭇 고무된 것을 느끼며 나는 겨우 안도의 숨을 돌릴 수 있었다. 수화기를 내려놓은 선배는 그때야 무슨 차 마실래? 우롱차? 보이차? 아 참, 전에 네가 보이차에서 지푸라기 삶은 맛이 난다고 했었지? 지금도 그런가, 다시 한 번 마셔 볼래? 하며 다구茶具를 꺼내고, 찻통을 찾고, 물을 끓이고, 한동안 수선을 피우고 난 뒤에야 이렇게 말했다.

"시골에 허름한 집이 하나 있어. 집이랄 것도 없이 창고 방이지만 말야. 우리 마스터들이 가끔 이용하는 곳인데…"

선배는 내 눈을 쳐다보며 어떠냐고 묻듯이 말했다. 나는 무슨 말을 해야 할지 몰랐다.

"복잡하게 생각할 거 없어. 일부러 관에 들어가 며칠씩 누워 지내는 명상수련법도 있는데 뭘. 죽었다, 생각하고, 이 기회에 사는 방법을 바꿔 봐."

그런 곳으로 나를 보내는 것이 마음에 걸렸는지 선배는 같은 말을 반복해서 덧붙였다. 나는 선배가 속시원한 내 대답을 듣고 싶어 한다는 것을 잘 알면서도 목이 메어 아무런 대꾸도 할 수 없었다. 선배를 찾아오기 전, 길거리를 헤매고 돌아다니며 겪었던 일이 악몽처럼 가슴을 짓눌러 온 때문이었다. 지하철 계단에 쪼그리고 앉았다가 미친 여자 취급을 받았던 일, 놀이터와 공원을 돌며 새우잠을 잤던 일, 지린내를 풍기며 집적대는 주정꾼을 피해 도망 다녔던 일, 빵을 사러 제과점에 들어갔을 때 거지 취급을 받았던 일…. 그와 헤어지고 나에게 남은 것이라곤 아무것도 없었다. 내가 여자라는 걱정도 없었고, 몸을 도사려야 한다는 의지도 없었다. 어차피 죽어 썩어질 몸, 하고 어릴 적 할머니에게서 들었던 말을 수없이 뇌까리며 갈 데까지 가보자고 오기를 부린 결과는 참담했다.

선배가 그곳이 명상연구실을 지으려고 자신과 몇몇 사람이 어울려 마련한 땅이라고 말했을 때도, 그곳에서 내가 해줘야 할 일이 있다는 조건을 달았을 때도, 잘만 하면 일자리를 얻어 꽤 넉넉한 보수를 받게 될 거라는 말을 했을 때도, 나는 아무런 말을 하지 않았다. 먹는 일은 나중 문제였다. 어서 빨리 그로 인해 혼란스러운 모든 생각을 떨쳐버리고 단 한숨이라도 편안하게 잠을 잘 수 있었으면 좋겠다는 생각뿐이었다.

지난 오 년, 그는 다섯 번이나 직장을 옮기고 세 번의 창업을 실패

한 뒤 어느 날부터인가 요리학원을 드나들기 시작했다. 그가 그렇게 되기까지 나는 내가 가졌다고 생각되는 것을 모두 날렸다. 아파트는 경매에 넘어갔고, 그의 신용카드 대금 결제로 인해 내 봉급은 고스란히 카드회사로 압류당해 넘어갔고, 옥탑방으로 지하방으로 끌고 다니던 내 책들은 상자에 담겨 재활용 종이쪽으로 넘어갔다. 결국, 내게 남은 것은 거듭된 유산으로 생리를 할 때마다 찢어질 듯한 고통을 느끼는, 유착이 심해 더 임신조차 되지 않는 자궁뿐이었다.

내 손에 만 원짜리 지폐를 몇 장 쥐여 주며 선배는 말했다. 왜 이 지경이 되도록 버틴 것이냐고, 진작에 자신이 충고했을 때 귀담아들었다면 얼마나 좋았겠냐고, 그런 인간하곤 이제라도 헤어진 게 천만다행이라고, 하루빨리 마음 정리를 하라고, 그러기 위해서는 그곳에 가 있는 게 잘된 일이라고. 그런데 이상한 일이었다. 선배의 말이 백번 옳다고 생각하는 것과 달리 그와 헤어진 게 잘한 일인지 여전히 혼란스러운 게 사실이었다. 그가 떠나기 얼마 전, 성게 알에다가 잇꽃을 넣은 희한한 꽃요리를 만들어 주며 키들키들 웃던 그의 얼굴만 어른거린 것이었다.

"요리사가 돼야겠어, 그게 내 적성인가 봐."

며칠 뒤, 그는 남들이 못하는 요리를 본격적으로 하려면 중국에 가야겠다며 시금오룽이니 뭐니 이상한 요리 이름을 들먹였다. 제비집 요리, 모기 눈알 요리 따위의 내가 듣지도 보지도 못한 요리를 만들어 볼 생각이라는 것이었다. 모기를 잡아먹는 새가 있는데 말야, 모기 눈알은 소화를 못 시키고 똥으로 나온다는 거야, 그 똥을 잘 거르면 모기 눈알만 남는 거야, 그걸 모아서 요리를 만드는 거야, 하고 말이다. 그런데 나는, 그 당시 그가 나를 떠나겠다는 선언을 그렇게 하고 있다는 걸 까맣게 모르고 있었다. 모기 눈알 요리가 뭐냐고 묻는 내게 그 요리법까지 자세하게 설명을 해주던 그가 설마 나를 떠나리라고는 짐작조차 하지 못했다.

그는 커다란 여행용 가방 두 개를 사들고 와 자신의 짐을 꾸렸다. 나는 가방 두 개가 풍선처럼 부풀어지는 것을 우두커니 지켜보았다. 이 남자가 내가 알고 있는 그일까. 그와 내가 한집에서 살을 비비며 살았을까. 기름에 튀긴 이면수 껍질을 서로 먹겠다며 복닥거리던 그일까. 시간이란 무서운 것이다. 아니 시간은 시간을 의식하는 순간 무서운 존재로 다가오는 것이다. 짐을 싸느라 끙끙대는 그도 어느새 숱 적은 머리카락이 간신히 두피를 가리고, 목 뒤에는 굵은 주름이 잡혀 있었다. 그는 구두를 담은 비닐봉지를 가방에 쑤셔 넣다가 잘 들어가지 않자, 가방 지퍼를 억지로 끌어당겨 그대로 들고 두어 번 거실 바닥을 쳤다. 거실 바닥을 울리는 소리가 마치 이젠 끝났어, 끝이라구. 좋은 말이지? 하는 것 같았다.

*

나는 일어나서 좌대 위에 놓인 수정구를 두 손으로 감싸 쥐었다. 수정구는 맑고 깨끗했다. 손바닥에 밀착된 수정구의 감촉이 물고기를 손에 쥔 것처럼 매끄러웠다. 수정구는 지름이 십 센티미터가 넘을 것 같았다. 양손을 둥글게 오므려 쥐었지만 벌어진 손가락 끝이 맞물려지지 않았다. 어깨에 힘이 들어갈 정도로 제법 무게도 느껴졌다. 나는 수정구를 두 손으로 받쳐들고 눈 가까이 들어올렸다. 수정구 안쪽의 깊숙한 곳에 눈길을 모았다. 그리고 수정구 속으로 천천히 걸어 들어간다고 암시를 보냈다. 마음속에 읊조리듯 가사 상태에서 보았던 영상을 떠올렸다. 희뿌연 안개가 개울 기슭을 따라 멀리 이어져 있다. 잿빛 나무들이 안개를 뚫고 나타난다. 수정구 한가운데서 파문이 일어난다. 수정구의 안쪽에서 뿜어져 나오는 빛다발을 향해 걸어간다. 몇 번이고 의식을 집중하며 어떤 징조나 꿈틀거림 같은 것을 보려고 애썼지만, 방안의 너저분한 잡동사니들의 이지러진 영상이 어른거릴 뿐 수정구는 아무런 변화가 없었다.

"크리스털 볼을 응시하고 있으면 네 안의 은자가 보여."

선배가 낮은 목소리로 자신 있게 했던 말과 달리 수정구 속에는 아무것도 없었다. 다만 선배의 표현대로 크리스털 볼일 뿐이었다. 내 눈엔 크리스털 볼이 아니라 그냥 유리구슬이어도 상관없었다. 인터넷이니 게놈이니 유전자 슈퍼마켓이니 하면서 사람들이 첨단 문명으로 들어가면… 너무 놀랄 일이 일어날 텐데 말야…. 선배의 차분한 모습에도 불구하고 나는 책상 위에 놓인 수정구에서 시선을 뗄 수가 없었다. 눈치를 챈 선배는 수정구를 내 쪽으로 밀어놓았다. 마음이 불안할 때 수정구를 바라보면 자신도 모르게 마음이 투명하게 맑아지지. 수정구를 명상 도구로 사용하는 선배로서는 당연한 말이었다. 사라진 대륙 아틀란티스에서는 수정을 태양의 상징으로 보았다는 둥, 고대인들은 수정을 녹지 않는 얼음이라고 생각했다는 둥, 선배는 수정구 응시법까지 자세하게 일러 주었다. 그리고 수정구 속에 나타나는 글자를 읽기라도 하는 것처럼 수정구에서 눈을 떼지 않은 채 끊겼던 말을 계속 이어갔다. 고독, 외로움, 그리움, 슬픔, 성냄… 뭐, 이런 것들 말야, 우리가 지겨워서 몸서리치는 것들 있잖아, 그런 감정들을 상품으로 만들어서 팔게 될 날이 머지않았대. 사람들이 잘 몰라서 그렇지, 사실 그런 외로움에 기대고, 슬픔에 기대고, 고독에 기대면서 제정신을 차리는 건데… 요즘 사람들이 그걸 모르는 거야. 그런 건 무조건 싫어해. 이거 볼래? 선배는 책장에서 폴더를 꺼내 내 앞에 펼쳐 놓았다. 일어로 된 공문이었다. 책표지 사진이 있는 거로 보아 사진의 책을 소개하는 글인 것 같았다. 일어를 전혀 모르는 나로서는 한자로 쓴 글자만 드문드문 눈에 들어왔다. 일본 명상협회에서 보내온 건데, 하고 선배는 공문 내용 중에 밑줄이 그어진 곳을 짚으며 한 자 한 자 읽어 내려갔다. 유전자 조작 발전으로 꿈의 사회를 실현할 수 있지만 그럴수록 희로애락 등 삶의 의미를 상실하게 된다 이거지. 이젠 분열적이고 복잡한 인간이 많아지는 것을 원치 않는다는 거야. 그리고 이건… 계속 설명을 이어가려던 선배는 내 몰골로 보아 더 이상의 설명은 무리라는 생각이 들었는지 말없이 폴더를 덮었다. 그 대신 천천히 읽어 보라며 명상 프로젝트에 대한 기획서를 봉투에 넣어 주었다. 선배는 무조건 이곳으로 내려가서 죽었다 하고, 사는 걸 바꿔 보라고 등을 떠밀었다.

　사는 걸 바꾸려면 내가 수정구 속으로 들어가야 한다는 건가. 나는 다시 수정구에 시선을 꽂았다.

수정구 속에는 얼룩얼룩한 벽지 무늬가 수초처럼 흔들리고 있었다. 아니 그가 요리 실습한다며 양고기에 튀긴 호박꽃을 버무린 이상한 꽃 요리처럼 보였다. 나는 내가 그에게 무슨 말을 더 했어야 좋았을지 생각해 보았다. 그러나 이제껏 내가 가진 것을 다 주었건만 결국 이렇게 버려졌다는 생각밖에 없었다. 무슨 예감 같은 걸 기대했던가. 나는 눈물조차 나오지 않는 뻑뻑한 눈알을 껌벅이며 수정구를 뚫어지게 바라보았다. 뺨이 기형적으로 볼록해진 내 얼굴이 까맣게 떠 있었다. 모든 게 그가 떠났다고 확인시켜 주는 것일 뿐, 예감 따위는 없는 것이었다. 수정구를 들고 있는 손이 떨리고 있었다. 고개를 숙이자 머리통이 수정구 안쪽으로 빨려 들어가듯 검은 그림자가 길게 드리워졌다. 그것은 언젠가 그가 자신의 얼굴을 내 가슴에 비벼 대며 마치 내 자궁 속으로 기어 들어가려는 것처럼 몸부림치던 모습같이 보였다. 그에게서 들었던 흰쥐 이야기도 환청처럼 들려왔다.

"단추만 누르면 수없이 오르가슴을 느끼는 딜가도 상자를 흰쥐의 오른쪽 뇌에 심어 주었대. 딜가도 상자가 무슨 마력을 담는 상자라고 했는데, 무슨 마력이더라? 아무튼 흰쥐는 먹는 것도 자는 것도 잊고서 미친 듯이 육천 번씩이나 오르가슴 단추를 누른 거야. 결말은, 마침내 오르가슴 끝에 죽었지 뭐."

*

무덤 속 같은 방을 나서며 이왕 여기까지 온 바에야, 하고 나는 제법 단호하게 마음을 다잡아 먹었다. 복잡하게 생각할 것 없다는 선배의 말을 몇 번이나 되새겼다. 사는 걸 바꿔 보는 거다, 모든 건 시간이 해결해 줄 거다. 그러나 연고 없는 시골 마을은 나무도 집도 채소밭도 너무나 멀게만 느껴졌다. 마을은 비닐하우스와 비닐하우스로 연결된 길만 열려 있는 영화 세트장처럼 황량해 보였고, 햇볕조차 무겁게 느껴질 정도로 조용했다. 내가 다시 세상과의 접촉이 가능할지 두려웠다. 호밋자루도 쥐어 본 일 없는 나로서는 누구에게 일거리 있느냐고 물어보는 말조차 입이 떨어지지 않았다. 실은 거름 냄새와 화학비료 냄새로 코가 짓물러질 지경이어서 하우스 안에 잠시 서 있기도 힘들었다. 오이나 애호박 넝쿨이 줄줄이 엮어진 비닐하우스 안을 들여다보면 그 안에서 뿜어 나오는 후텁지근한 열기만으로도 숨이 막혔다. 살아남기 위해 기를 쓰고 있는 것은 식물이라고 해서 별다르지 않다는 생각이 들었다. 내 눈에는 모든 게, 한낱 채소마저도 숨이 차서 허덕이는 모습으로 다가왔다.

한동안 귀농 바람이 불었을 때, 나는 그에게 시골에나 내려가 염소나 키우며 욕심 없이 살자고 말한 적이 있었다. 그때 그는, 시골에나, 염소나, 하는 내 말투를 반복하면서, 꿈같은 소리 그만하라고, 명상원에 있다는 그 고상한 선배가 그렇게 말하더냐고, 백묵 가루나 손에 묻히고 살던 너 같은 사람은 시골의 시 자도 농담하는 게 아니라고, 시답지도 않은 말은 하지도 말라고 했었다. 그렇다. 그는 너 같은 사람이라고 했었다. 도대체 나 같은 사람이 어쨌다는 건가. 하긴 나마저도 무의식중에, 나 같은 사람이… 하는 바에야 할말이 없는 것이었다. 살림살이가 넘어갈 때도 나는 내 책이 넘어갈 때가 제일 아쉬웠지만, 그는 책이 없으니까 집 안이 다 훤하다는 표정이었다. 선배가 충고한 대로, 그와 헤어진 게 백번 잘한 일이었다. 나 역시 절감하고 있었다. 그런데도 마음 한구석에는 그에게 죽기 살기로 매달리지 못한 걸 후회할 때도 있었다. 사람살이 관계가 어찌 보면 관성의 법칙에 따라 습관적으로 움직이는구나 싶기도 했다.

나는 허리께까지 올라온 망초를 뽑아 멀리 던졌다. 죽느냐 사느냐 하는 문제는 위대한 사람들이 다 해결해 줄 거다, 하고 그에게 들었던 말을 비웃듯이 내던졌다. 닭도 키우고, 오리도 키울 것이다. 생목이 오르는 것처럼 목이 멨다. 닭도 아니고 오리도 아닌 내가 이곳에서 무엇을 한단 말인가. 비닐하우스 단지를 나와 상추밭으로 갔지만, 그곳에서도 나는 어쩔 수 없는 구경꾼이었다. 모자 속에 수건을 길게 내리쓴 아주머니가 상추를 심고 있었다. 잡초가 자라지 못하도록 흙 위에 비닐을 덮어씌우고 일정하게 뚫린 구멍마다 손톱만 한 상추 떡잎을 하나하나 손으로 심고 있었다. 비닐하우스 주변을 어슬렁거리다가 내친김에 나는 버스까지 타고 나가 시장도 돌아보았다. 여름 한낮의 시장은 활기라곤 찾아볼 수 없었다. 모든 것이 버려진 채 졸고 있었다. 나는 시장을 몇 바퀴 돈 끝에 호미와 물뿌리개를 사들었다. 사실 호미로 뭘 해야 할지도 몰랐다. 예전 같으면 눈에 들어오지도 않았을 호미와 물뿌리개가 눈에 번쩍 띄어 아무 망설임 없이 사들었을 뿐이었다.

아이를 만난 건 시장에서 돌아오는 버스정류장에서였다. 아이는 버스가 오는 방향을 등지고 오도카니 앉아 있었다. 땅바닥에 주저앉을

듯 무릎을 바짝 끌어안고 고개를 숙인 채였다. 버스정류장이라고는 하지만 길가에 있는 커다란 바위를 표식으로 세워 놓은 게 고작이었다. 오전 두 번, 오후 두 번, 하루 네 차례 버스가 오갈 뿐인 외진 길이었다. 버스에서 내리는 나를 본 아이는 마치 이제껏 나를 기다린 것처럼 벌떡 일어서며 뭐라고 중얼거렸다. 아이의 입 모양으로 보아 엄마, 하고 부르는 것 같았다. 그러나 그곳에서 내린 사람은 나뿐이었다. 나는 설마 하면서도 뒤를 돌아보았다. 아이의 엄마가 내 뒤를 따라 내렸을지도 모른다고 생각한 때문이었다. 하지만 버스는 벌써 고갯길을 돌아 나가 보이지 않았고, 담벼락 위에 철조망을 둘둘 감아 놓은 군부대 초소가 멀리 성벽처럼 서 있었다. 아이는 어깨에 멘 배낭끈을 잡고, 나는 호미와 물뿌리개가 든 비닐봉지를 들고, 잠시 서로 빤히 쳐다보았다. 이상한 애로구나. 처음 떠오른 생각이 그것이었다. 아이는 너무 크고 낡은 옷을 입고 있었다. 베이지색 반바지는 정강이까지 내려와 칠부 바지처럼 보였고, 반소매 역시 팔꿈치를 덮고, 그나마 색이 바랜 것이었다. 생김새도 여느 시골 아이들하고는 좀 다르게 보였다. 유난히 까무잡잡한 피부며, 콧대가 푹 죽어 있지만 쌍꺼풀진 커다란 눈 하며, 이국적인 느낌이 드는 얼굴이었다.

멈칫하고 서 있던 아이는 갑자기 머리칼을 묶은 헝겊 고무줄이 빠져나가도록 세차게 고개를 흔들어 대기 시작했다. 나는 당혹스러운 나머지 어색하게 웃으며 아이에게 다가섰다. 그러나 아이는 갑자기 획 돌아서서 버스정류장 아래 비탈길로 뛰어갔다. 누가 쫓아오기라도 한 걸까. 반사적으로 다시 한 번 나는 뒤를 돌아보았다. 여전히 길은 정지된 그림처럼 아무런 움직임도 없었다. 내가 다시 고개를 돌렸을 때는 아이의 모습은 사라지고 보이지 않았다.

나는 아이가 뛰어간 무덤 뒷길에 눈을 주고 한동안 서 있었다. 마치 헛것을 본 느낌이었다. 무덤 뒷길은 빽빽하게 심어 놓은 소나무 묘목들이 가리고 있어 어디로 통하는 길인지 알 수가 없었다. 비탈길로 올라가서 그쪽을 바라보았다. 언제였던가, 내 곁에 아무도 없던 시절, 한삼덩굴만 등등하게 뻗어 있는 둑길에서 어린 내가 뙤약볕 아래 서 있는 풍경. 나는 가슴이 저렸다. '석탄 백탄 타는 덴 연기만 펄펄 나구요. 이 내 가슴 타는 덴 연기도 김도 안 나네…' 뜻도 모르고 따라 부르던 할머니의 노래를 부르며 개천 둑길에서 할머니를 기다리던 아이. 나도 멀리서 둑길을 따라 걸어오는 사람이 할머니인 줄 착각하며 뛰어갔다 실망해서 돌아온 기억이 있었다. 내 기억 속에 까만 구멍이 뚫렸던 시간이 아이로 인해 되살아난 것이었다.

명을 팔아 줘야 한다고 해서 나는 절 할머니에게 맡겨졌었다. 그때가 몇 살인지 기억할 수 없을 만큼 나는 철저히 내 머릿속에서 지웠다. 내가 누구인지, 사춘기에는 누구나 한 번쯤 던졌을 물음을 나는 일찍부터 포기했다. 나도 모르게 그런 물음들이 떠오르면 눈을 찡그리고 해를 쳐다보는 눈싸움을 했다. 그런 뒤에 눈을 감고 투명한 유리구슬처럼 하얗게 보이는 잔상을 오래도록 바라보았다. 어린 시절부터 내가 누구인지, 왜 나는 부모 없이 절에 사는지 묻는 걸 일찌감치 접을 수 있는 영악함이 있었다.

나는 그늘에서 비껴 나와 햇빛 아래로 내려섰다. 고개를 젖히고 해를 쳐다보았다. 잠시도 눈을 뜨기가 어려웠다. 눈을 찌르듯이 따갑게 달려드는 내 어린 시절의 뙤약볕…. 버스정류장에서 누군가를 기다리며 앉아 있던 아이가 왠지 어린 내 모습처럼 여겨져 어떻게 이 시골길에 내가 서 있게 되었는지 기이하게만 느껴졌다.

*

집으로 돌아온 나는 찬물부터 뒤집어썼다. 비록 오줌에 찌든 변기통 앞이지만 물을 끼얹을 수 있다는 것만으로도 감지덕지였다. 선배는 수도꼭지가 화장실에 하나뿐이라면서 변명 삼아 말했었다. 누구는 해골 물 마시고 도통했다잖아. 변기통 앞에서 물을 받아먹고 도통하게 될지 누가 알겠어? 도통인지 골통인지는 몰라도 지하에서 끌어올린 물은 한 바가지만 끼얹어도 골이 얼어 버릴 정도로 차가웠다. 나는 턱이 덜덜 떨리도록 연거푸 서너 바가지를 뒤집어썼다. 찬물은 끼얹을 때뿐이었다. 방에 들어오자 또다시 땀이 줄줄 흘렀다. 나는 넋 나간 사람처럼 벽에 등을 기대고 문턱에 앉았다. 그가 떠난 뒤로부터 멍하게 앉아 있는 게 몸에 붙어 버렸다. 뭐든 큰 건 한 건 터지기를 바라며 쫓아다니던 그가 요리사를 택한 이유는 무엇이었을까. 그는 모기 눈알을 빼내 여의주라도 얻을 셈일까. 차라리 그가 더는 내게 빼먹을 게 없으니까 떠난다고 했으면 만정이 떨어져 미련도 없을 텐데. 그의 말대로 욕망이 그의 인생일지 몰랐다. 도대체 나 같은 건 뭐란 말인가. 이 시골 구석에서 잃어버릴 것도 없으면서 여전히 상실감에 빠져 있는 한심한 꼴이라니.

참 어이없게도 끝까지 그를 잡지 못한 건 아닌지 후회가 또다시 밀려왔다. 그에 관한 생각이 덮치자 얼굴이 달아오르며 땀이 쏟아졌다. 나는 흘긋 반쯤 열어놓은 방문으로 마당을 내다보았다. 뭔가 목덜미를 잡아당긴 듯 고개가 그쪽으로 끌려가고 있었다. 시퍼렇게 독이 오른 풀들이 일제히 나에게 시선을 꽂았다. 풀이 무섭게 보이긴 처음이었다. 나는 선배에게서 받아 온 명상연구원 프로젝트 기획서를 꺼내 들었다. 명상 프로그램이 궁금한 건 아니었다. 뭐라도 손에 붙들어야 마음의 안정을 찾을 수 있을 것 같았다.

선배의 명상연구원에서 추진한다는 프로젝트에 올라 있는 명상 프로그램은 수십 가지였다. 요가 명상, 오쇼 라즈니쉬 명상, 허브 명상, 타로 명상 등등 이름이라도 들어 본 것은 손에 꼽을 정도였고, 어느 나라 말인지도 알 수 없는 외국어로 된 생소한 것들이 대부분이었다. 모두가 인생은 한 번뿐, '행복한 삶' '편안한 삶' '자유로운 삶' '나를 찾는 참다운 삶'을 위해 투자를 하라고 턱밑에 들이대고 있었다. 나는 제목만 대강대강 훑어보며 넘기다가 《아바타 코스, 뜻대로 살기》에 눈이 멎었다. '의식 진화 명상'이라는 부제가 붙어 있었다. 어디서든 간단하게 실험해 볼 수 있다며 몇 가지 예시도 나와 있었다. 나는 실천 연습장을 펼쳐 놓고 거기에 씌어 있는 대로 따라 해보았다.

연습 1 : 산책을 하다가 어떤 사물을 하나 골라 그것을 뭐라고 부를 것인가 결정한다. 시간 : 10분 기대되는 결과 : 고요함, 힘이 솟음.

나는 눈에 보이는 대로 방안에 있는 프라이팬을 골랐다. 허옇게 굳어 있는 돼지기름이 먼저 눈에 띄었다. 그렇지만 돼지기름이라고 부르고 싶지는 않았다. 처음에는 마땅한 이름이 떠오르지 않았다. 갑자기 아파트 복도를 걸어 나가던 그의 발소리가 스쳤다. 그리고 가방, 물잔, 모기 눈알, 여의주, 욕망… 하면서 끝없이 그와 연관된 단어들이 떠올랐다. 나는 그중에 어떤 것도 프라이팬을 대신하는 이름을 고를 수 없었다. 나는 오 분도 지속하지 못하고 기획서 폴더를 덮어 버렸다.

나는 발바닥에 박힌 티눈을 손톱으로 뜯어냈다. 미친년, 소리가 절로 나왔고, 헛바람처럼 웃음이 삐져나왔다. 창문을 등지고 내 어깨 너머로 들어오는 빛에 수정구가 비치도록 앉았다. 선배가 일러 준 응시법을 되살리며 호흡을 깊게 하면서 눈을 감았다. 이마의 땀이 흘러 눈으로 들어가 눈을 자꾸 깜빡거렸다. 눈은 가능한 한 깜박거리지 않는 것이 좋다고 했다. 그렇다고 억지로 무리해서 눈을 뜨고 있어도 안 되었다. 눈동자를 이리저리 움직이지 말아야 하고 마음속의 염원도 놓치지 말아야 한다. 최소한 오 분 동안 그것을 유지해야 한다. 오 분이 영원처럼 길었다. 눈동자를 움직이지 않고 한 곳을 집중해서 바라본다는 게 쉬운 일이 아니었다. 이번에도 염원하는 영상이 나타나는 조짐은 보이지 않았다. 자신이 원하는 영상이 나타나기 전에 어떤 조짐이 일어나는데, 눈과 수정구 사이를 연결하는 구름 현상이 보이거나 수정구 색깔이 어두운 적색에서 점점 무지개색으로 바뀐다는 것이었다. 마음속에 염원하는 영상은 어느새 그의 모습으로 모이고 있었다. 갑자기 그가 바로 옆에 있는 것 같은 생각이 들었다. 그를 찾는다고 해도 어쩌자는 기대는 없었다. 나는 그 생각이 덮치도록 내버려두었다. 사는 걸 바꿔보자고 스스로 다그치지만, 구체적으로 떠오르는 것은 아무것도 없었다.

나는 목에 수건을 두르고 마당으로 나왔다. 내가 너무 조바심을 낸다는 생각이 들었다. 이곳에 잠자리를 구한 것만도 지금으로서는 황감한 처지였다. 뙤약볕은 한풀 꺾여 있었다. 그렇긴 해도 여전히 햇빛은 따가웠다. 실눈을 떠야 앞이 보였다. 물뿌리개 속에 들어 있는 호미를 꺼내 놓고 물통에 물을 받았다. 땅이 흠뻑 젖도록 마당에 물을 뿌렸다. 뿌리째 뽑힐 위험도 모른 채 지쳐 늘어졌던 풀들은 물을 받아먹고 꼿꼿하게 살아났다. 나는 호미로 풀을 뽑기 시작했다. 땅바닥으로 납작하게 뻗어 있는 풀들은 좀처럼 뽑히지 않았다. 세상일은 어느 것 하나쉬운 게 없다는 말은 사실이었다. 쪼그리고 앉은 발이 저려 한쪽 발을 제대로 디디지도 못하고 일어서다가 나는 하마터면 자빠질 뻔했다. 집앞 삼거리의 채소밭에 엉성하게 담처럼 쳐놓은 천막 안에서 아이는 또다시 나를 기다린 것처럼 앉아 있었다. 아이를 만난 반가운 마음도 있었지만 우연치고는 너무나 이상해서 경계심도 같이 일어났다. 아이도내 눈치를 살피는 기색이 역력했다. 내가 먼저 호미를 내려놓고 아이에게 다가가자 아이는 벌떡 일어섰다. 아까처럼 또다시 도망가려는가 싶었다. 그런데 그게 아니었다.

"날 다…쥐?"

아이는 양팔을 벌리고 그 자리에서 몇 발짝 빙글 돌며 날아가는 시늉을 했다.

"파, 파, 파밭에… 가면 그, 그, 그, 그게 보여."

아이가 원래 말을 더듬는지, 아니면 어색하고 수줍어서 그런지 알 수 없었다.

"뭔데, 그게? 파밭에 뭐가 있어? 어디 사는데? 너는?"

하지만 아이는 내 말을 못 들은 것처럼 굴었다. 뭔가 급하다는 듯이 손가락을 큰길 쪽으로 가리키며 다짜고짜 앞장을 섰다. 나는 이상하다고 생각하면서도 아이를 따라나섰다. 아이는 비닐하우스 단지로 들어가는 좁은 시멘트 둑길로, 깨밭으로, 고추밭으로, 그런 데에 길이 있을까 싶은 옥수숫대 사이로도 망설임 없이 들어섰고, 그러면 그곳에 한 사람 정도 지나갈 길이 있었다. 밭고랑에 좁다랗게 놓인 나무 다리는 물론 호박 덩굴로 뒤덮인 샛길을 아이는 정말 귀신같이 찾아냈다. 아이가 길을 찾아가는 게 아니라 길이 아이 앞에 저절로 나타나는 것처럼 보였다. 이상한 일이었다. 아이는 어떻게 보면 정상이 아닌 것도 같고, 또 어떻게 보면 멀쩡한 것 같기도 했다. 나에게 뭔가 보여주겠다는 듯이 한참 앞서가다가도 내가 쫓아오길 기다렸다가 같이 가곤 할 때는 속이 멀쩡해 보였다. 아이가 저 혼자서 어지간히 마을을 맴돌았겠구나 싶었다. 아이가 몇 살이나 먹었는지, 어디 사는지, 제 또래도 없이 왜 혼자 마을을 쏘다니는지, 이름이 뭔지, 나는 선뜻 물을 수가 없었다. 남들 같으면 아무것도 아닌 사소한 일조차 언제부터인지 나는 망설이며 어렵게 느끼고 있었다.

비닐하우스 단지를 벗어나자 길은 개울로 이어졌다. 아이는 잠시 사방을 두리번거렸다. 뭔가 예상했던 거와 다른 모양이었다. 개울을 건너면서도 연신 고개를 갸우뚱거렸다. 중간중간 물꼬를 터놓은 시멘트 징검다리 사이로 물살이 급하게 흘러갔다. 물이끼가 퍼렇다 못해 시커 멓게 번져 있었다. 아이는 폴짝폴짝 뛰어서 건너더니 개울 위쪽으로 곧 장 걸어 올라갔다. 나는 아이를 불러세웠다. 아이는 못 들은 척 개울 위 쪽으로 계속 올라가고 있었다. 한참을 저 혼자 아랑곳하지 않고 가던 아이는 내가 쫓아오지 않는 걸 느꼈는지 흘끗 뒤를 돌아보았다. 그러더 니 징검다리 끝으로 내려와 다람쥐처럼 손을 턱밑에 모으고 납죽 앉아 서 기다렸다. 그제야 아이의 귀가 안 들릴지 모른다는 생각이 들었다. 나는 어쩔까 망설였다. 아이도 아이지만 도무지 발이 떨어지지 않았다. 금방이라도 물에 휩쓸려 내려갈 것처럼 어지러웠다. 징검다리는 불과 예닐곱 걸음이면 건너갈 수 있었다. 그다지 센 물살도 아니었다. 나는 눈을 감았다. 작은 소용돌이를 일으키며 떨어지는 물소리가 들렸다. 어 릴 적 내 모습이 어른거렸다. 나는 숨을 깊이 들이마시고 아봐타 명상 에서 해봤듯이 이 시멘트 징검다리를 뭐라고 부를까, 생각했다. 그러 나 내가 지금 여기서 뭘 하는 것일까, 하는 따위의 너무도 뻔한 생각이 물소리에 섞여 어지럽게 맴돌 뿐이었다. 이 땡볕에 왜 아이를 따라서 여기까지 온 것일까, 혹시라도 그가 아이를 시켜 나를 찾는 건 아닐까. 터무니없는 기대라는 걸 모르지 않았다. 그러나 어처구니없게도 나는 마을을 돌아다니며 사람 기척이 느껴질 때마다 혹시 그일까, 나도 모르 게 긴장을 하는 나를 보았다.

선배는 명상을 통해서 돌, 태양, 별, 새, 꽃… 눈에 보이거나 보이지 않거나 모두 영혼이 있어서 이들이 서로 말하고 느낀다는 것을 깨우 칠 수 있다고 했다. 아무리 떨치려고 해도 그는 내 의식 밑바닥에 눈을 번들거리고 엎뎌 있다가 시도 때도 없이 나를 덮치고 나오는 것 같았다. 나는 눈을 부릅뜨고 고개를 숙여 발끝을 내려다보았다. 한 발을 떼고 징검다리 위에 섰다. 그리고 두 발을 함께 모았다가 다시 한 발을 떼고 또 두 발을 모으며 징검다리를 건넜다.

*

이런 일은 예상했어야 했다. 개울을 건널 때부터 고개를 갸우뚱거리며 암암리에 이상하다는 걸 내비치던 아이는 파밭 둑으로 들어서자 눈에 띄게 한눈을 팔기 시작했다. 목표물을 향해 앞만 보고 걷던 모습과는 딴판이었다. 사실 군부대 초소 뒤로 멀리 낮은 구릉들이 보이긴 했지만 공장 같은 비닐하우스로 메워진 이곳에 그것이 뭐든지, 뭔가가 있으리라는 기대는 처음부터 하지 않았다. 파밭에는 열 명 남짓 되는 아주머니들이 쭈그리고 앉아 파를 뽑고 있었다. 한쪽에서는 뽑아 놓은 파의 겉대를 벗기고 대파를 단으로 묶어 밭고랑에 죽 늘어놓았다. 아이는 밭고랑을 돌며 내버린 파를 줍고 다녔다. 파를 묶던 아주머니가 아이에게 뭐라고 소리를 질렀다. 내가 있는 곳에선 무슨 말인지 들리지 않았다. 멀쩡하다고 생각했던 아이에 대한 의심이 다시 일었다. 더는 아이를 쫓아갈 필요가 없다는 생각이 들자, 뭐에 홀려 여기까지 따라왔나 싶었다. 파밭 둑에 서 있는 내가 너무나 낯설게 느껴졌다. 나는 두리번거리며 빠져나갈 길부터 찾았다.

파밭 둑을 되짚어 나가려고 돌아섰을 때였다. 갑자기 돌무더기 쏟아지는 소리를 내며 배밭 언덕 밑에서 경운기 한 대가 파밭 둑으로 들어오고 있었다. 둑길은 순식간에 흙먼지로 뒤덮여 버렸다. 경운기 앞바퀴가 뒤뚱거리며 달려왔다. 나는 피할 자리를 찾느라 두리번거리다가 파밭 둑 아래로 내려섰다. 경운기의 짐칸에는 대여섯 개나 되는 큰 통이 실려 있었다. 음식 썩은 냄새가 역겹게 풍겼다. 사료로 쓸 음식 찌꺼기를 나르는 것 같았다. 경운기가 지나가기를 기다렸다가 다시 밭둑으로 올라서려고 몸을 돌렸다. 내 눈이 이상한 건가, 하고 나는 파밭으로 조금 더 내려왔다. 퇴비 더미가 있는 곳으로 가까이 다가갔다. 닭똥에 왕겨를 섞어 놓은 퇴비 더미 옆에 뭔가 꼬물거리며 움직이는 게 보였기 때문이다. 다람쥐 종류인 청설모였다. 청설모는 깃털처럼 생긴 귀와 꼬리의 긴 털만 아니라면 그냥 커다란 쥐처럼 여겨질 정도로 흉한 몰골이었다. 털에 윤기라곤 전혀 없었고, 그나마 등의 털이 군데군데 빠져 있기조차 했다. 내 기척을 느끼지 못했는지 꽤 가깝게 접근해도 움직이질 않았다. 놈은 볼이 움푹 패여 한껏 튀어나와 보이는 주둥이를 닭똥에 비벼 대고 있었다. 그런데 갑자기 소스라치듯, 솟구치던 몸을 낮추고 비탈진 파밭 둑으로 뛰기 시작했다. 놈은 어디로 방향을 잡을지 모르는 듯 파밭 둑을 오르락내리락하다 다시 퇴비 더미 뒤로 가로질러 갔다. 아이가 파 뿌리며 흙모래며 손에 잡히는 대로 청설모에게 집어던지고 있었다. 나는 밭둑에 버려진 파 껍질에 미끄러지며 기다시피 올라와 둑길 위에 털버덕 주저앉았다. 그리고 파밭에서 어른대고 있는 것을 물끄러미 바라보았다.

수정구 속에서 내 속의 은자를 본다는 선배의 말이 떠올랐다. 수정구 속에 어른대는 그것은, 숲 속의 은자가 아니라, 나를 떠난 그가 아니라, 날개 달린 하늘다람쥐가 아니라, 사력을 다해 파밭 둑을 뛰고 있는 청설모처럼 쨍쨍한 뙤약볕 아래서 넌더리 나게 외롭고 찌든 내가 그렇게 쫓겨 다니고 있는 모습이었다. 아이는 뛰면서 손가락으로 청설모를 가리키며 나를 향해 입을 벙긋거렸다. 나는 아이를 다급하게 불렀다. 고개를 돌린 아이는 엉거주춤 서서 나를 빤히 쳐다보았다. 나는 아이가 그때처럼 머리를 흔들어 댈까 봐 마음이 조마조마했다. 아이에게 돌아가자고 소리를 질렀다. 하지만 아이는 햇빛 사이로 손을 집어넣듯이 팔을 들어 흔들었다.

물도 사람 눈에는 물로 보이지만, 물고기는 집으로 보이고, 아귀는 불로 보인다잖아. 다 각자 자기 자신을 보고 사는 거야, 각자. 여행가방 두 개를 현관 앞에 밀어놓고 돌아서서 그는 나에게 하는 말인지, 아니면 그 자신에게 하는 말인지 혼잣말처럼 중얼거리며 떠났었다. 그래. 각자 자기 자신을 보고 사는 거야. 나는 고개를 젖히고 어릴 때처럼 하늘을 올려다보았다. 구름 한 점 없는 하늘이 거기 있었다. 구름 없는 하늘이 무섭다고 그가 말했던가. 아니, 내가 그렇게 말했을 때, 그는 핀잔 투로 그런 말은 나 같은 사람이나 하는 말이라고 했었다. 쏟아지는 햇빛을 빨아들일 듯 서 있는 아이 뒤로 그렇게 낯설게만 보이던 파밭 둑에 내가 오래전부터 서 있었던 것처럼 아무렇지 않게 느껴졌다. 하늘은, 아니 해는, 가까이 다가가도 멀리 달아나도 언제나 그만큼의 거리에 있었다. 그만큼의 거리에는, 아이와 걸어온 길이 있었고, 절에 팔려 간 아이가 있었고, 햇빛과 눈싸움을 한 뒤 눈을 감고 오래도록 바라본 그 하얀 유리구슬이 있었다. 멀리, 낮은 구릉 너머로 저녁 해가 붉게 떨리고 있었다. 내가 살아오면서 보았고, 느꼈던 모든 것이 그 안에 어른거렸다. 내 안의 은자라… 나는 천천히 발을 옮겨 붉은 수정구 속으로 걸어 들어갔다.

이구아나의
겨울

- 연해주에 새롭게 지정된 고려인 정착촌을 향해 시베리아횡단
  열차를 타는 사람들
- 강제이주로 추방당했던 연해주를 고향으로 삼고 다시 돌아가는
  사람들

마트에서 어항 포장지로 싸준 신문지를 펼치다 내 눈은 굵은 활자
로 뽑은 제목에 붙박였다. 나는 신문을 펼쳐 들고 빠르게 기사를 읽어
내려갔다. '강제이주'와 '추방'이라는 글자가 다른 글자보다 두 배나
더 크게 보였다. 나는 나비 채집통에 엎뎌 있던 이구아나를 꺼내 새로
사온 어항에 재빠르게 밀어넣었다. 그러고는 먹이통이며 신문지를 그
대로 벌려 놓은 채 창고에 넣어 두었던 할머니 반짇고리를 꺼내 왔다.
녹슨 바늘이 꽂혀 있는 실패, 머리 땋듯 묶어 놓은 색실, 바늘귀에 해진
골무, 싸구려 장난감 반지 등속을 헤집고 반짇고리 맨 밑바닥에 접혀
있는 미농지와 누렇게 바랜 흑백 사진을 집어 들었다. 내 골수에 유전

자 코드처럼 박혀 있는 '추방'이라는 말을 곱씹으며 꼬깃꼬깃 접힌 미 농지를 펴들었다.

〈郡外 移住 命令狀〉
회양군 회양면 읍내리 氏名 김진태
금번 조사에 의하여 토지개혁 법령에 의한
不勞地主로 判明하였기 郡外로
기일 내 이주할 것을 명령함.
이주 시일 1948년 4월 26일
상기일 내에 이주치 않을 시는
법에 의하여 처벌할 것을 添附함.

유품이랄 것도 못 되는 할머니의 허접한 반짇고리에 어떻게 이 미농지가 들어가 있었는지 나는 알지 못했다. 다만 어릴 적 남의 집 얘기처럼 들었던 할아버지의 고향 얘기가 단편적으로 남아 있을 뿐이었다. 금강산 밑에 있는 마을, 집이 하도 넓어서 말을 타고 집 안팎을 돌아다녔다는 할아버지, 꿩고기로 꾸미를 얹은 만둣국, 불로 지주, 추방, 삼팔선을 넘어와 어머니가 숯을 구워 연명해 왔다는 얘기를 기억하는 게 고작이었다. 이주 명령장과 할아버지가 고향에서 콧수염을 기른 친구들과 스케이트를 타고 있는 사진을 봐도 사실 크게 실감도 나지 않았다. 나는 미농지로 흑백 사진을 싸듯이 접어 넣고 어항 안으로 이구아나 먹이를 넣어 주었다.

아이가 이구아나를 품에 안고 오던 날이었다. 나는 생판 모르는 중앙아시아와 가깝게 있었다. 비행기 푯값만 마련해. 나머지는 다녀와서 원고료로 때워 보지 뭐. 좋은 기회인데 놓치면 아깝잖아. 전에 있던 회사 선배로부터 뜻밖에 받은 제안은 좋은 기회 정도가 아니라 한마디로 내가 살 길은 그쪽이다, 하는 직감이 들게 했다. 그곳에 가면 뭔가 있겠구나. 선배의 전화를 끊고도 나는 전화기를 빤히 쳐다보며 어금니를 물었다. 예상했던 일이 제대로 맞아떨어진 경험이 별로 없는 나로서도 믿기 어려운 확신이었다. 온몸의 피가 몰려들었다고 생각될 정도로 얼굴이 달아올랐고 나도 모르게 주먹을 쥐고 있던 손에는 땀이 뱄다. 이구아나와 중앙아시아가 고리로 엮여 있는, 무슨 계시를 받은 게 아닌가 여겨질 정도로 이상한 느낌이 들었다.

이구아나의 이름으로 그 많은 것 중에 왜 하필 '티라노사우루스'라는 공룡 이름을 아이가 택했는지는 알 수 없었다. 아이 말대로 이구아나에게 제일 잘 맞을 것 같아서라고밖에 달리 이유를 찾기는 어려웠다. 이구아나를 위해 내가 기껏 찾아낸 이름은 '아톰', '통통이', '쎄느', '머털이' 수준이었다. 그 끝에 뜬금없이 공룡이 생각나 아이에게 별 생각 없이 적어 준 것뿐이었다. 아이처럼 '티라노사우루스'라는 구체적인 이름을 생각한 것도 아니었다. 나는 그저 '공룡아!' 하고 부를 참이었다. 비록 지금은 어항 속에 사는 작은 이구아나지만 그 조상뻘이 한때 지구를 뒤덮을 만큼 거창했던 공룡임을 나는 생각하고 싶었다. 계시 운운하지만 직장도 때려치우고 몇 년째 글을 쓴답시고 뭐 특별히 하는 일 없이 집에서 빈둥거리다 보니 별스러운 데다 다 나를 끼워 넣고 싶었던 조급증일 뿐이었다. '우리가 남이가'를 외치며 술잔을 높이 들던

회사 동료들도 제 살길을 찾아 남남으로 돌아가 버리고, 보험회사에
나가는 아내 대신 설거지하는 일도 슬슬 울화가 치밀기 시작하는 참이
었다. 북한산 산성을 찾아가거나 봉화산의 봉홧둑을 돌아보는 등 서울
근교 산을 쏘다니는 일도, 도서관에 들락거리는 일도, 아내가 급하게
출근하고 난 뒤 아무데나 벗어 놓은 옷가지를 챙기는 일도 하루 이틀이
지 싶은 것이었다. 요즘 집안일에 굳이 남녀를 따지는 건 근대적 사고
방식이지. 아무나 집에 있는 사람이 하는 거지. 회사를 그만둔 뒤 나는
전업주부를 자처하고 나섰었다.

"내가 집안일 해준다고 이렇게 늦게 다녀도 되는 거야?"

"왜 그래? 새삼스럽게. 아까 전화했잖아. 전업주부 선언은 어디
갔어?"

"뭐 하는데 맨날 늦냐. 일찍 좀 다녀라. 일찍 좀."

"아이구, 이 양반 회사 생활 안 해본 사람처럼 말하네. 일하다 보믄
그렇잖아."

이런 입씨름이 이틀이 멀다고 거듭되었다. 얼마 전에도 내가 데리
고 온 강아지를 딴곳으로 보내야 했다. 아내의 개털 알레르기 때문이
었다. 개털 알레르기에 대해서는 달리 할말이 없었다. 그런데 웬일인
지 아내가 모든 결재권을 갖고 내가 하는 일에 대해 일일이 간섭하며
자기 멋대로 휘두른다는 생각에 기분이 몹시 언짢았다. 그뿐만이 아
니었다. 이제 더는 밑창도 갈 수 없단다, 하고 툴툴거리며 구두를 사야
한다고 했을 때도 마찬가지였다. 저번처럼 딴 데 쓰면 안 돼, 꼭 구두
사야 해, 아내는 내 손에 돈을 올려놓기 전에 눈을 쏘아보며 다짐을

받는 것이었다.

"이구아나는 열대지방에 사는 녹색 도마뱀인 거래요. 도마뱀 가운데도 다리하고, 눈하고, 꼬리가 발달한 거래요. 꼬리를 받치고 서기도 하구요. 급하면 두 발로 뛰기도 한대요. 신기하다. 어떻게 도마뱀이 두 발로 뛸까."

어느 틈에 책을 들춰보았는지 아이는 이구아나를 손에 쥐고 저 아는 대로 주워섬겼다. 살다 보니 별걸 다 키운다며 아내는 눈살을 찌푸렸다. 아이는 아내가 내다 버리라는 말을 하지 않는 것만으로도 좋아 어쩔 줄 몰랐다. 발끝을 세워 타다닥 구르며 이구아나가 뛰어다니는 모습을 흉내내기도 했다. 사촌들이 가까이 있기는 하지만 형제 없이 혼자 자란 아이는 동물이라면 사족을 못 쓰고 달려들었다. 해마다 학교 앞에서 파는 병아리를 사지 못해 봄이면 한 차례씩 병아리 몸살을 앓기도 하고, 강아지를 보내고 나서는 어디선가 도둑고양이 새끼를 끌고 오기도 하고, 어느 때는 햄스터라고 하는 탁구공만 한 쥐새끼를 데려오기도 했다.

"어머머! 내다 버리지 못하겠니? 어디 쥐새끼를 끌어들이고 그러니? 너, 정말."

잘게 찢어 놓은 신문지 속을 들락거리며 찍찍거리는 햄스터를 보고 아내는 까무러칠 듯이 소리를 질렀다. 고양이 새끼도 쥐새끼도 하룻밤을 지내지 못하고 아내의 눈에 띄는 즉시 쫓겨 나갔다. 그래도 아이는 거북이를 빌려오질 않나 오리를 데려오질 않나 하는 통에 아내는 마지못해 손을 들고 만 것이었다. 물론 아내가 뒷수발을 들지 않아도 되고,

소리도 안 나며, 아이 혼자서 키울 수 있는 동물이 있다면, 하는 단서를 달고서였다. 그런 끝에 아이는 사촌들에게 수소문을 거듭하여 이구아나로 낙찰을 본 것이었다.

붉은 아가리를 벌리고 혓바닥을 날름댈 때말고는 이구아나는 영락없이 꼬리 달린 청개구리였다. 대가리는 오톨도톨한 녹색 뱀 무늬가 있는 데 반해 몸통은 매끈했다. 씨줄과 날줄의 결이 그대로 드러나 마치 윤이 나는 연두색 비단을 두른 것 같았다. 뱀과 두꺼비 사이가 개구리고, 비단개구리도 있다니 내 연상이 크게 어긋난 것도 아니었다. 적과 싸울 만한 무기가 없어서 적을 만나면 도망칠 능력밖에 없다는 점도 흡사했다.

이구아나를 아이에게 가져다준 조카가 얘기한 대로 손이 거의 가지 않았다. 어항에 톱밥을 깔고 상추나 오이를 잘게 썰어 주고 한쪽 구석에 물이나 놓아 주면 그만이었다. 놈은 큰 움직임도 없었다. 아이의 어깨에 올려놓으면 놓은 대로 계급장이 되었고, 가슴에 붙이면 붙인 대로 이름표가 되어 갈고리 같은 발톱으로 꽉 물고 떨어지질 않았다. 아이가 틀어놓은, 아내 말로 '정신이 빠지는 노래'를 감상이라도 하듯이 마름모꼴 대가리를 바닥에 댄 채 눈을 감고 있는가 하면 한쪽 눈은 뜨고 다른 한쪽은 감을 줄도 알았다. 그때면 아이는 저를 알아보는 거라고 했다. 놈이 제 냄새를 기억하는 사인이라는 거였다. 그런데 벽에 붙여놓으면 놈은 더는 올라갈 데가 없을 때까지 기어 올라가곤 했다. 더 나아갈 수 없는 길, 놈은 다음 발걸음이 낭떠러지인 줄 어떻게 아는 걸까.

놈이 집에 온 지 얼마 되지 않은 때였다. 한번은 아이가 난리나 난 것처럼 불러 대는 바람에 쫓아가 보았더니 이구아나가 똥을 누고 있었다. 엉덩이를 들 듯이 뒷다리를 벌리고 꼬리가 시작되는 곳이 벌어졌다. 평소에는 구멍은커녕 실금만 한 흔적도 없는 곳에서 실지렁이처럼 새까만 똥이 나왔다. 나는 방바닥에 바싹 엎딘 채 고약 같은 놈의 똥을 보며 돌아가신 할머니의 태변을 어렴풋이 떠올렸다.

✳

놈이 위급하다는 것을 오늘 아침에야 알았다. 실은 중앙아시아에서 돌아온 날부터 아이는 이구아나가 이상하다고 말했었다.

"잠자는 거 괜히 건들지 마라. 괜찮아."

나는 건성으로 놈을 들여다보곤 애도 뱀 종류니까 겨울잠을 자느라 움직이지 않는 거라고 말해 주었다. 그래도 아이는 안심이 안 되는지 연신 어항에서 놈을 꺼냈다 들여놨다 조몰락거렸다. 좀 두고 보자고 말은 했지만 아이가 걱정한 대로 날이 갈수록 놈의 상태가 이상하게 변해 갔다. 어항에 비친 제 그림자를 보고 유리를 박박 긁으며 기어오르다 미끄러지고, 급기야는 꼬리를 지팡이처럼 세우고 유리벽에 배를 바싹 들이대고 잠을 자는 것이었다. 꼬랑지로 버티고 서서 눈을 꼭 감은 채 꿈쩍도 하지 않았다. 어항에서 꺼내 놓으면 전에 없이 붉은 아가리를 쫙 벌렸다가 다물곤 했다.

집에 처음 데려왔을 때도 먹성이 그리 좋은 편은 아니었으나 내가 중앙아시아에 가 있는 동안에는 물 한 모금도 스스로 삼키지 않은 모양이었다. 놈의 단식은 내가 돌아온 뒤에도 계속되었다. 아이는 억지로 입을 벌려 약을 먹이듯 쌀알만큼씩 자른 오이를 그 붉은 아가리에 밀어넣었다. 혹시 방안이 너무 건조해서 수분 부족이 아닐까 싶어 미지근한 물에 놈을 담갔다 꺼내기도 했다. 언제부터 상하기 시작했는지 꺼멓게 썩어 들어간 오른쪽 앞다리는 뻣뻣하게 오그려 붙은 채 힘이 없었다. 딱히 물어 볼 데도 없었다. 하기야 아무리 세상이 요지경 속이라 해도 이구아나를 키우는 집이 몇이나 있겠는가. 아이는 날마다 조카가 이구아나를 사왔다는 청계천에 가면 알 수 있다고 졸랐지만 나는 차일피일 미루었다.

나 역시 중앙아시아를 다녀와서 시름시름 앓고 있었다. 멀쩡하게 앉아 있다가 갑자기 가슴께가 고무줄로 꽁꽁 묶듯이 조여들었다. 심장 박동이 아주 잠깐이긴 해도 쿠다닥 하고 불규칙하게 뛰었다. 그것은 '쿠다닥' 하고 뛴다고밖에 달리 표현할 수 없는 병증이었다. 딴에는 자료를 모은답시고 신순남 화백의 유민사流民史 벽화를 책상 앞에 붙여놓기는 했다. 벽화에는 암청의 어둠 속에서 붉은 몸들이, 눈도 코도 입도 사라진 얼굴들이 하얗게 까무러치듯 뒤로 넘어가기도 하고, 가슴과 등에 서로 엉겨붙어 사지를 늘어뜨리고 있기도 했다. 무엇보다도 그들의 가슴마다 비집고 들어서 있는 촛불들이 한층 더 가슴을 옭죄어 왔다. 그저 암울한 삶에 비치는 희망의 상징쯤으로 생각하면 그만이겠지만 나는 병증이 도지도록 매달리고 있었다. 추방당한 사람들의 외마디처럼 들리는 그 촛불이 전하는 소리가 뭘까.

*

아무래도 놈이 심상치 않아 그대로 두고 볼 수가 없었다. 벼르던 끝에 나는 애완동물 가게가 몰려 있다는 청계천엘 나갔다. 유리문을 열자 역겨운 냄새에 들이마신 숨을 토하지 못하고 나는 눈만 멀뚱히 뜬 채로 서 있어야 했다. 냄새뿐만 아니라 차갑게 얼었던 안경알이 가게 안의 열기로 뿌옇게 흐려져 앞이 안 보였다. 나는 안경을 벗어 옷소매에 문지른 다음 다시 고쳐 썼다. 한두 사람 정도 지나갈 통로 양쪽 벽에는 새장이 천장 높이까지 들어차 있었다. 새소리가 들리긴 들렸다. 그러나 속이 뒤집어질 것 같은 새똥 냄새에 새소리는 온데간데없이 사라졌다. 새똥 냄새에 새소리가 잡아먹히든 어떻든 그건 문제가 아니었다. 나는 성큼 가게 안으로 들어섰다. 통로 끝에는 주인 남자가 늦은 점심을 먹는 중이었다. 허름한 나무 책상 위에 뚝배기 쟁반이 놓여 있었다. 그는 앉은 채로 나머지 밥숟가락을 마저 뜨며 무슨 일로 왔느냐고 물었다.

"얘가 어디가 아픈 것 같습니다. 통 먹질 않고…."

요 며칠째는 눈도 안 뜬다며 나는 주머니 속에 있던 놈을 꺼내 주인 남자에게 내보였다. 놈은 앞발에 힘을 조금 주어 손바닥에 달라붙나 싶었는데 금세 사지를 축 늘어뜨렸다. 눈 주위가 아침보다도 더 퀭하게 들어가 보였다. 주인 남자는 고춧물이 벌겋게 번진 입 주위를 손등으로 문지르고 손가락으로 놈의 뱃가죽을 툭툭 건드렸다.

"우리도 잘 몰라요. 어쩔 수가 없어요."

놈에게서 눈길을 떼지는 않았지만 이미 그는 고개를 천천히 흔들고 있었다. 그 고갯짓이 무엇을 의미하는지 새삼 물어 볼 필요도 없었다. 나는 손바닥에 납죽 엎뎌 있는 놈을 물끄러미 바라보았다. 주인 남자는 돌아서서 뚝배기 쟁반에 신문지를 덮으며 말했다.

"혼자죠? 한 마리면 외로워서 그럴 수도 있으니까, 한 마리 더 가져 가 봐요, 불을 켜서 어항을 따뜻하게 해주구."

"불요?"

불을 켜주라는 가게 주인 남자 말에 나는 그야말로 불방망이로 뒤통수를 얻어맞은 느낌이었다. 그걸 왜 미처 생각 못 했던 걸까. 그제야 돌아보니 가게의 어항 속에 켜놓은 백열전등이 눈에 들어왔다. 어항은 가게 앞 길가를 차지하고 있었다. 눈을 말갛게 뜬 이구아나들이 어항이 비좁다 싶게 뒤엉켜 있었다. 대부분 어린놈인데 스물댓 마리쯤 되어 보였다. 그 아래쪽에 있는 보다 큰 어항에는 제법 실한 예닐곱 마리의 이구아나가 역시 꼬리에 대가리를 얹고, 딴 놈의 등허리에 제 꼬리를 올려놓은 채 몰려 있었다. 눈도 끔쩍 안 하는 놈들은 내가 보기엔 영락없는 새끼 공룡이었다.

"번식을 어떻게 합니까, 이놈들은?"

영양제로 맞힐 수 있는 링거 주사나, 이구아나에게 먹일 감기약 같은 건 없습니까. 이렇게 물어야 마땅했다. 다 죽어 가는 이구아나를 데려와서 교미를 어떻게 하느냐, 암수 구별은 어떻게 하느냐, 뜬금없이 묻고 있는 내가 한심했다. 내 물음에 주인 남자는 손가락으로 이구아나를 뒤척거릴 때처럼 고개를 흔들었다. 이구아나를 애완동물로 수입한 지가 얼마 안 되어 여기서는 짝짓기를 해본 적이 없다고 했다. 수입할 때부터 아예 큰 놈, 작은 놈 크기대로 주문한다는 것이었다.

"사람이 식용으로 먹지는 않습니까?"

나는 담배를 꺼내려다 말고 다시 문득 생각난 듯이 주인 남자에게 물었다.

"아마존인가 어딘가에서는 좋은 사냥감이랍디다. 개 잡듯이 말입니다. 불에 그슬려서 비늘을 벗기고 내장을 뺀 다음 푹 고아서 먹는답디다. 톡 까놓고 얘기해서 뱀탕이죠, 뭐."

의외로 놈의 번식 일을 물을 때와는 달리 주인 남자는 목소리에 생기가 돌았다. 나는 습관대로 엄지손톱에 대고 담배 끝을 탁탁 치며 가게 앞을 두리번거렸다. 처음 가게 유리문을 열 때는 제대로 보지 못했는데, 이구아나 어항 앞에는 햄스터들이 톱밥 속을 들락거리며 쳇바퀴를 돌리고 있었다. 어떤 놈은 아예 쳇바퀴 안에 들어가 나오지도 못했다. 둥근 돔 모양의 새장 안에 들어 있는 주먹만 한 토끼들도 보였다. 원숭이도 있었다. 어미와 새끼처럼 보이는 원숭이들은 한 몸뚱이에 머리 둘 달린 샴쌍둥이처럼 두 마리가 꼭 들러붙어 있었다. 새끼 등에 얼굴을 묻고 있던 어미 원숭이는 사람이 얼씬거리는 낌새를 알고 나를 뚫어지라 쳐다보았다. 겁에 질린 눈이었다. 우리라고도 할 수 없는 네모난 철창이 미세하게 흔들렸다. 나는 원숭이의 발목에 채워진 쇠사슬을 들여다보다가 재빨리 돌아섰다. 주인 남자는 이구아나 어항 주변의 상자들을 치우며 길을 내고 있었다. 나는 이구아나 어항 앞으로 다가가 쭈그리고 앉았다. 손등으로 어항 유리를 두들겼다. 놈들은 눈도 끔쩍 안 했다. 영문도 모른 채 제 살던 터전에서 쫓겨와 추운 길거리에 웅크리고 있다는 생각 때문일까. 가슴이 조여드는 통증이 몰려왔다. 나는 손바닥으로 가슴을 누르며 길가로 눈을 돌렸다. 드문드문 지나가던 자동차도 끊긴 청계천은 황량했다. 어릴 적 내가 수없이 그렸던 그림처럼 길거리 나무들은 마른 잎사귀 하나 달지 않고 땅 밑으로 파고 들어가듯이 서 있었다.

주인 남자는 그의 말대로 내가 이구아나를 한 마리 더 살 줄로 알았던 것 같았다. 비닐봉지에 담겨 있는 사료를 내 앞에 던져놓고, 어항 안에 손을 쑥 집어넣더니 이구아나를 한 마리 꺼내 들었다. 한 마리에 팔천 원인데 육천 원만 내라고 했다. 꼬리가 잡힌 이구아나는 거꾸로 매달려 어디든지 발을 디뎌 보려고 발버둥을 쳤다. 나는 더 살 마음이 없었다. 그 대신 놈이 어느 천년에 다 먹을까 싶은 양이었지만 삼천 원을 주고 이구아나 사료만 한 봉지 샀다. 그러고는 외투 안쪽 겨드랑이에 이구아나를 끼우다시피 안고 버스정류장으로 걸어 내려왔다.

버스에는 사람들이 많지는 않았으나 빈 좌석은 없었다. 나는 손잡이를 잡고 우두커니 차창을 내다보았다. 지하철 입구로 사람들이 쓸려 다니듯 들락거리는 것도 전과 다름없었다. 얼기설기 이어진 전깃줄하며 어지럽게 나붙은 간판들도 여전했다. 알 수 없는 일이었다. 차창 밖으로 내다보이는 거리가 이국의 거리인 양 모든 게 신기해 보였다. 몇십 년 보아 온 이 거리가 왜 그때는 떠오르지 않았을까. 동대문이 어떻게 생겼더라? 지하철 1호선이 빨간색이던가? 파란색이던가? 비행기 안에 갇혀 트랩 아래로는 한 발짝도 내려설 수 없는 이국만리에서 나는 엉뚱하게 계속해서 귀에 맴도는 패티김의 노래, 종이 울리네, 꽃이 피네,

새들의 노래, 웃는 그 얼굴… '서울의 찬가' 노랫말을 읊조리고 있었다.
인구밀도 세계 1위라는 서울 거리, 늘 지나다니던 익숙한 거리가 잘 알
지 못하는 어떤 곳을 여행하고 있다는 느낌이 들었다. 버스를 타고 동
대문을 지나는 일이 어떤 신비한 힘으로 비롯되었다는 느낌도 들었다.
그러나 그것도 잠시였다. 어둑해지는 차창에 비친 내 얼굴을 보자 나
는 비행기 안에 32시간을 갇혔을 때의 갈피를 잡을 수 없었던 막막한
심정이 되살아났다.

*

　어디서부터 시작을 해야 할까, 바잡을 지경이었다. 산다는 것, 쉽지
않다. 중앙아시아로 가면 살길이 보일 거라고 어린애처럼 설레기까지
한 내 모습은 초라하게 아득해졌다. 중앙아시아 순례 공연단의 명단 끝
에 내 이름이 함께 올라 있기는 했지만, 선배가 공항에서 소개해 준 공
연단의 단장하고만 얼굴을 알 뿐이었다. 나는 그들 무리로부터 소외된
느낌을 떨쳐 버릴 수가 없었다. 취재하는 척 비행기 안을 돌아보며 이
리저리 눈치보기에 급급했다. 비행기 안에서도 삼삼오오 사진을 찍음.
여자 단원들은 잘 때도 화장을 함. 어디에서도 쭈뼛거림이 없음. 점심
으로 햄 한 쪽, 다진 양고기 지짐, 감자 샐러드, 도톰한 베이컨이 나옴.
준비해 간 노트에 메모를 열심히 하며 승무원에게 '차이' 하고 차 한 잔
을 주문하는 등 짐짓 여유를 부리기도 했다.
　첫 기착지인 카자흐스탄의 수도 알마아타로 가는 비행기는 여객기

라기보다는 장터에서 돌아오는 시골 버스 같았다. 그렇긴 해도 중앙아시아에 몇 차례 다녀온 선배에게서 들은 게 있기 때문인지 별 거부감이 없었다. 화물칸에도 넘치는 짐들은 기내 좌석에 고무 밧줄로 칭칭 묶어 놓았다. 앞머리를 도르르 말아서 이마 위로 바짝 붙이고, 긴 생머리를 머리꼭지에 올려 묶은 러시아 여자는 연극 배우처럼 보였다. 발목까지 오는 긴 코트를 입고 콧수염을 기른 남자는 그녀와 일행은 아닌 듯했는데 그녀의 옆자리에 앉아 연신 담배를 권했다. 그들이 하는 말은 통 알아들을 수 없어서 내 귀에는 더 잘 들리는 것 같았다. 기내는 시끌벅적했다. 비행기가 뜨기나 할까요? 기말고사를 치르고 곧바로 무역회사의 러시아 주재원으로 파견 실습을 나간다는 노어과 학생이 걱정스러운 표정으로 우리 팀 단장에게 물었다. 단장도 알 수 없다는 듯 고개를 저었다.

"미안합니다… 안개가 너무 두꺼워서… 그것을 덜어낼 때까지는 알마아타에 갈 수 없습니다… 한국 사람이 많은데… 한국말을 잘 못해서 미안합니다…."

느닷없는 안내 방송은 승무원의 말대로 몹시 더듬거리는 통에 뜻을 종합해 보면 대충 이렇게 해석되었다. 그나마 승무원은 이 안내 방송을 끝으로 다시 볼 수 없었다.

"천산의 기를 받으려면 푸닥거리를 해야 하는가 보네."

누군가 추임새를 하듯 내뱉은 말에 기내에 감돌았던 긴장감이 한풀 누그러졌다. 여기저기서 웅성거림이 시작되었다. 처음부터 좌석표와 관계없는 자리 배정이었지만, 그 말이 무슨 신호라도 되는 듯했다. 남자들은 서로 통성명을 하고 악수를 하며 기내를 돌아다녔다. 마치 이런 일이 오기를 기다렸기라도 한 양 기내 사람들은 순식간에 일행이 되어 버렸다. 나는 몇몇 사람들과 어울려 트랩으로 내려갔다. 그러나 무장한 군인들은 한 발짝도 땅을 딛지 못하게 막았다. 우리가 움직일 수 있는 범위는 비행기 기내와 비행기에 붙은 트랩까지였다. 쏟아질 듯 별이 보일 거라는 기대는 예상 밖이었다. 별은 가물가물 멀고 반달이 유난히 맑게 떠 있었다. 외투를 입고도 밤공기는 싸늘했다.

"낼모레가 동지죠, 아마."

사람들은 날씨 얘기로부터 안기부 새 청사가 어떻다느니, 전쟁박물관이 어떻다느니 흥분하다가 이곳에서는 털모자를 쓰지 않으면 골이 얼어 터진다며 한바탕 웃어젖혔다. 비상착륙은 아랑곳없이 여행길의 호기로운 분위기에 빠져들고 있었다. 어이, 제법 춥네, 하며 나는 슬금슬금 뒤로 빠져 기내로 돌아왔다. 기내는 조용했다. 트랩의 소란스러움과는 사뭇 대조적이었다. 나는 자리가 비어 있는 창가로 다가앉았다. 간간이 코 고는 소리가 들렸다. 나도 안경을 벗어 호주머니에 넣고 눈을 감았다. 일행들과 얼떨결에 인사를 나누고 난 뒤 혼자만 외따로 떨어진 듯한 소외감은 다소 풀린 기분이었다. 하지만 나는 더욱 움츠러드는 자신을 어쩌지 못하고 있었다. 이 비상착륙이 서울의 내 삶의 터전으로부터 나를 추방하기 위한 계획이 아닌가 하는 극한 상상으로 치닫기도 했다. 그러면서 엉뚱하게 패티김의 노래, 종이 울리네, 꽃이 피네, 새들의 노래, 웃는 그 얼굴… '서울의 찬가' 노랫말만 계속해서 귀에 맴도는 것이었다.

"저, 사발면 드시겠습니까?"

그 말에, 나는 막 잠 속으로 미끄러지려다가 퍼뜩 깼다. 뒷자리에 앉은 사진작가라고 소개한 남자였다. 그는 어디서 났는지 컵라면을 허벅지 사이에 끌어안고 있었다.

"황이라고 합니다. 어디서 오셨어요? 단원은 아닌 것 같은데. 김 선생이라고 하셨지요?"

"예, 전, 뭐. 어떻게 신세를 지게 됐습니다."

나는 공연히 얼굴까지 붉히며 그가 건네주는 컵라면을 받아들었다.

"중앙아시아 실크로드라고 설레서 쫓아왔더니 호되게 첫날밤을 치르는군요. 기내 물도 떨어졌나 보더라고요."

그렇지 않아도 아까부터 지린내가 난다고 생각하던 참이었다.

"저기 트랩 앞에 선 감색 양복 입은 양반이 아까 이상한 소리를 합디다."

그는 무슨 중대한 암호 명령을 건네듯이 눈을 아래로 내리뜨고 컵라면을 뒤적거리며 목소리를 조심스럽게 낮추었다. 나는 뭐라고 대꾸하기가 어색해서 무슨 소리인지 모르겠다는 듯이 입을 벌린 채 그를 쳐다보았다.

"이곳의 비상착륙이 안개 때문만이 아닐 거라는군요."

결국, 내가 의심했던 일이 현실로 나타나고 있단 말인가. 그러고 보니 기착하고 나서 내내 승무원들은 아무도 나타나지도 않고 이렇다 저렇다는 안내 방송 한번 없는 것 하며, 트랩 아래로는 내려가지 못하게 막는 총대를 메고 있는 군인들이며, 여간 이상한 일이 아니었다. 카이 저수염의 '고려인'이 공항 건물을 오가며 "곧 떠난답니다" 하는 말만 되풀이하는 것도 수상쩍기 짝이 없었다.

공항 테러… 나는 트랩에 나갔을 때 얼핏 스치던 소리가 떠올랐다.

"일단 어떤 조치를 해야 하지 않겠어요? 대사관에 연락하고 한시라도 빨리 이곳의 상황을 밖으로 알려야 하지 않을까요?"

"설마… 그렇다면 단장님이 모르실까요. 러시아 사람들도 가만히 있지 않습니까. 괜히 헛소문에 우리가 성급하게 어쩌고 하다가 망신살이나 뻗치면…."

안경 너머로 기내를 돌아보는 황 선생은 불거져 나온 눈이 더욱 둥그렇게 보였다. 나는 컵라면의 국물까지 단숨에 들이켰다. 출출하던 차에 잘 먹었습니다, 고개를 숙이고 인사를 하는데 오줌 마려울 걸 생각해서 국물은 마시지 말 걸 하는 후회가 뒤따랐다.

"별일 아니겠죠?"

황 선생은 내 등에 대고 말했지만, 그 자신을 위로하는 말처럼 들렸다. 나는 무슨 일이라도 일어나길 바라는 마음도 없지 않았다. 내심 장사할 만한 게 없나 기웃거려 볼 요량으로 어렵사리 떠나온 터였다. 그러나 시간이 갈수록 이 벌판을 들락거리며 뒤죽박죽 꼬여들 내 처지를 생각하니 도무지 자신이 서질 않았다. 이구아나니 중앙아시아니 하면서 계시 운운하던 전율 따위는 사라지고 없었다. 그것조차도 실은 나를 어디론가 추방하고 싶은 욕구일 뿐이라는 생각이 들었다.

"담배나 한 대 탭시다."

황 선생은 이미 담배를 물고 좁은 기내 복도를 걸어 나갔다. 조금 전까지 책을 보고 있던 러시아 여자도 잠이 들었다. 줄기차게 담배를 권하던 콧수염 남자 곁에서 읽다 만 책을 무릎에 얹어 놓은 채였다. 나는 까치발로 조심조심 황 선생을 뒤쫓아 나갔다. 땅에 내려서지는 못하지만, 트랩에라도 서서 밤공기를 마시며 담배를 피우려던 생각은 무산되고 말았다. 굳게 닫힌 비행기 문 앞에서 무장한 군인이 가로막고 서서 나가지 못한다는 손짓을 했다. 우리는 승무원들이 앉는 간이 의자에 나란히 앉았다.

"저쪽이 천산이요."

황 선생은 기내 창문 한쪽을 가리켰다. 새 담배를 건성으로 물고 불이 켜진 공항 건물 쪽만 바라보던 나는 황 선생이 가리키는 곳으로 고개를 돌렸다. 천… 산…요…. 그러나 내가 맞닥뜨린 것은 캄캄한 어둠뿐이었다. 그 어둠 속 창문 너머로 비친 내 얼굴이 나를 바라보고 있었다. 저게 천산이요, 천산이요… 메아리치듯 들리는 환청을 나는 한동안 멍하니 듣고 있었다. 창문에 비친 내 그림자를 물끄러미 바라보았다. 모를 일이었다. 유리문을 사이에 두고 창밖에 서 있는 나를 보며 나는 끊임없이 왜? 왜? 왜? 무엇 때문에? 어떻게 해서?를 묻고 또 물었다. 그 버릇이 언제부터였는지…. 그림을 그린다고 혼자 교실에 남아 있기 시작했을 무렵부터라고 생각되었다. 아이들이 돌아간 빈 교실 바닥에 주저앉아 나는 뭣도 모르면서 붓을 내팽개쳤다. 그림물감을 손가락으로 찍어 발랐다. 도화지 가득 하늘이 빙글빙글 돌아가거나 가지가 부러진 나무들이 서 있는 황량한 풍경만 수십 장씩 그려냈다.

수채화 물감으로 떡칠을 한 나무들은 땅에서 솟아나는 게 아니라 땅을 파고 들어갈 듯이 보였었다. 밑동 굵은 나무들이 잎사귀 하나 달지 않은 채 드문드문 서 있는 그림은 황량하기 그지없는 풍경이었다. 직장을 그만둔 뒤, 아내가 보험 영업을 하러 이 집 저 집 다니다 늦게 들어오던 때도, … 야, 너, 엉, 어떻게 그럴 수가 있냐, 나안 말야, 네미랄, 하고 빚더미에 올라앉은 친구가 술 취해 전화해 올 때도, 독서회에서 만난 아내의 아버지를 만나고 오던 날도, … 가래를 끓이다가 숨이 잦아들던 할머니 옆에서 임종을 볼 때도 나는 물감으로 떡칠한 그 황량하기 그지없는 풍경을 그러안고 있었다.

*

"어떻게 됐어? 주사 맞았어요? 왜 그렇대요? 살 수 있대요?

손수건에 돌돌 만 이구아나는 강보에 싸인 갓난애처럼 보였다. 품에서 놈을 꺼내 아이에게 건네주고 무춤하게 서 있는 나를 향해 아이는 그야말로 따발총 쏘듯이 물어 왔다. 비단같이 윤기가 흐르던 놈의 껍질이 황갈빛이 돌며 거무튀튀하게 변해 가고 있었다. 아직 숨을 쉬긴 쉬었다. 아이 손바닥에 엎딘 놈의 뱃가죽은 한참 만에야 불룩해졌다가 까부라지곤 했다.

"추워서 그렇대. 따뜻하게 해주란다. 전화 온 데 없었니?"

아이에게 말하고 보니 깜박 잊고 전구를 사오지 않은 게 생각났다. 전구만 아니라 소켓도 필요하고 전선도 있어야 했다. 무슨 생각에 팔렸었나? 버스에서 내릴 때까지만 해도 육교 건너편에 있는 시장에 들르려고 했는데… 개털 알레르기 때문에 쫓겨간 강아지의 방울 목걸이를 산 철물 가게를 분명히 생각했는데…. 가슴이 찌르르 조여들었다. 이구 아나를 끼고 있었던 왼팔도 저렸다.

"주사는요? 약도 줘요?"

"그런 거 없댄다. 따뜻하면 살 수 있대. 사료도 사왔어. 전화는?"

"어떤 아저씨가 전화 했어요. 아~휴. 이걸 언제 다 먹어."

얼른 어항에 불을 달아 주고 어찌 됐건 오늘은 중앙아시아 공연 순례 글을 한 줄이라도 시작하긴 해야겠다. 나는 다시 벽에 붙여놓은 신순남 화백의 그림을 골똘히 들여다보았다. 촛불을 보자 어항에 켜줄 전구가 생각났다. 공구함에 굴러다니는 소켓이 있을지 몰랐다. 아이가 던져 놓은 비닐봉지가 발길에 차였다. 아무리 생각해도 사료는 괜히 산 것 같아 후회되었다. 제길 헐. 공연히 짜증이 밀려 나왔다. 공구함 손잡이 에 잠긴 철사 고리는 누가 끝까지 돌려놓았다. 가져갈 거나 있나. 슬쩍 걸쳐만 놓아도 되고 자물쇠 따위는 없어도 그만이었다. 빙글빙글 돌려 가며 끝을 보자는 거야, 뭐야. 투덜대 보았자 공구함에 손대는 사람은 나밖에 더 있나. 제길 헐. 심장 박동이 잠시 쿠다닥 불규칙하게 뛰다 가 라앉았다. 끝까지 조여졌던 철사 고리는 돌리는 대로 다시 둥글게 풀려 나왔다. 공구함으로 쓰는 나무 궤짝은 골동품으로 만들어 파는 돈궤짝 이었다. 실내장식 한답시고 거실에 들여놓았다가 언제부터인가 베란 다로 밀려나 공구함이 되었다. 공구함은 공구를 넣어 놓은 게 아니라 고철 상자 같았다. 쓰고 남은 전깃줄, 철사 토막까지 죄다 처넣어 녹이 슬 대로 슨 못, 나사 나부랭이, 사포, 끌, 톱, 망치들이 되는 대로 어지럽게 널려 있었다. 전선은 보이는데 아무리 뒤적거려도 소켓은 없었다. 아버지 초상을 치르면서 쓴 소켓이 어디 있긴 있겠는데… 골목길에 천막을 치고 전등을 달았었는데…. 나는 혼잣말로 중얼거렸다. 그러나 초상 치른 물건이라고 다 태워 없앴는지 보이지 않았다.

"형은 왜 어항에 불을 켜주라는 걸 말해 주지 않은 거야."

아이가 덮어 준 이불 속에 폭 파묻힌 이구아나는 여전히 눈을 감고 꼼짝달싹 안 했다.

"숨이나 쉬나 살펴봐라."

놈은 힘없이 축 늘어져 숨을 쉬는지조차 알 수 없었다. 나는 담배를 엄지손톱에 대고 탁탁 쳤다. 철물 가게를 갔다 오나 마나. 어떻게 방법이 없을까. 나는 공구함을 뒤적거리다 눈에 띈 온도계를 꺼냈다. 온도계를 손에 쥐자 붉은 수은이 20, 25를 단숨에 넘고, 30에서부터 눈금을 세듯 올라갔다. 냉혈동물이든 뭐든 그것과는 상관없이 아무 소용 없는 줄 알면서도 나는 이구아나의 상한 앞다리 사이에 온도계를 끼워 넣었다. 아이는 이상하다는 표정으로 내 손놀림만 지켜보았다. 왜 그런지 모르기는 나도 마찬가지였다. 지금, 이 상황에 온도계가 왜 필요하단 말인가. 나는 담배에 불을 붙이며 아이에게 물었다.

"어항 안에 촛불을 켜줄까?"

"촛불이 쓰러져서 톱밥이 타면 어떻게 해."

아이는 겁먹은 눈으로 말했다. 촛불이 쓰러지는 것보다도 촛불로 어항 안이 따뜻해질지가 의문이었다.

이구아나가 열대에서 왔다는 생각을 왜 까마득히 잊고 있었을까.

왜 추울 거라는 생각은 눈곱만큼도 하지 못했을까. 나는 얼마 전 미지근한 물에 놈을 담갔을 때 놈이 잠깐 사지를 쭉 뻗는 게 바로 기절한 걸 거라는 데 생각이 미쳤다. 담배를 비벼 끄고 이불 밑으로 손을 넣어 보았다. 손바닥에 금방 온기가 전해져 왔다. 오늘은 어항에 넣지 말고 이불을 덮어 재우라고 아이에게 일렀다. 나는 앞이 잘 안 보이는 것 같아서 괜스레 안경을 벗어 소매에 두어 번 문질러 닦는 시늉을 했다. 아이는 이구아나 곁에 두 손을 이마에 모으고 기도하듯 쪼그리고 앉았다. 엎드린 아이의 등이 이슬람 사원의 둥근 돔 같다는 생각을 하자 마음이 급했다. 밤을 새우더라도 원고를 해치워야지. 무언가 아직 내가 찾지 못한 게 있다는 직감이 왔다. 컴퓨터 앞에 앉았다. 방바닥에 엎드린 아이의 둥근 등이 컴퓨터 커서 끝에 아른거렸다. 나는 자판을 두들겼다.

글자들은 컴퓨터 화면을 파고 들어가듯 찍혔다.

사막에서의 비는 하늘의 축복이다. 날이 밝아 오자 때마침 오랜 가뭄 끝에 내린 단비로 말갛게 씻겨진 사원의 푸른 돔이 도시 한가운데 꽃피듯 솟아올랐다.
구소련 남부의 카자흐스탄, 키르기스스탄, 우즈베키스탄, 타지키스탄, 투르크메니스탄에 사는 사람들, 시와 노래 없이는 살아갈 수 없다는 그들은 구소련으로부터 독립한 후 레닌 동상을 끌어내리고 그 자리에 지구본을 올려놓았다. 그리고 '레닌 광장' 대신 그들의 할아버지로부터 전해 들은 노래를 만든 사람, 양떼를 몰며 시를 지었던 사람의 동상을 세우고 '잠블 광장' '아바이 광장' '사마르칸트의 푸른 도시'로 우리의 발길을 다가서게 하고 있었다.

어디서나 시인이라는 말을 들으면 오른손을 가슴에 대고 눈을 지그시 감는 사람들. 그들은 이렇게 동과 서의 문화를 화려하게 꽃 피웠던 비단길을 다시 열고 있었다.

그러나 우리는 중앙아시아의 비단길을 시와 노래, 초원과 낙타와 사막 같은 말만 늘어놓고 지나칠 수 없는 아픔이 있다. 1937년 추방 지령이 떨어졌다.

여기까지 쓰고 났지만, 자료를 들춰 볼수록 내가 손대기에는 아무래도 버겁다는 생각 때문에 이맛살이 아팠다. 줄담배를 피워 재떨이에 담배꽁초가 수북했다. 나는 중앙아시아에서 사온 박물관 책 속의 옛 고구려 사신使臣이라는 사람의 얼굴을 뚫어지라 들여다보며 자판에서 손을 떼지 못했다. 형체도 알아볼 수 없을 만큼 빛이 바랬지만 머리에 꽂은 깃털과 가슴 쪽으로 합장하듯 모은 두 손…, 책상 위에 붙여놓은 '유민사 벽화'의 사람들…, 벽에 붙여놓은 그림 속 추방당한 사람들…. 구덩이를 파고 그 속에 뒤엉켜 있거나 하얗게 까무러치는 표정으로 가슴에 촛불을 켜 들고 있는 사람들…. 어떻게 연결을 지어야 할까. 아무래도 해외한민족연구소에서 발간된 잡지에 실린 〈제국주의 역사와 신소수민족〉의 한 단락을 옮겨 적어야 할까 어쩔까 망설이던 찰나였다.

"아빠, 싸우르스가 눈 떴어!"

잡지 글의 '추방 지령이 떨어졌다.' 화면을 보고 있던 나는 아이의 고함에 자리에서 튕겨나듯 일어섰다. 앞발에 힘을 주고 목을 늘여 빼며 꿈틀거리는 건 분명 이구아나였다. 놈도 놈이지만 아이가 어떻게 저 마음을 먹었을까. 무슨 말이라도 해야 할 것 같은데 도무지 아무 소리도 나오지 않았다. 우리 집에서 유일하게 백열전등이 켜져 있는 곳은 싱크대가 있는 주방이었다. 아이는 의자 위에 올라가 만세를 부르듯이 백열전등 바로 밑에다 이구아나를 들이대고 있었다. 불빛을 쐰 이구아나는 눈을 반짝 뜨고 붉은 아가리를 쫙 벌렸다가 다물더니 이내 앞으로 고꾸라졌다. 눈을 부릅뜬 채 축 늘어진 이구아나는 넝마 쪼가리 같았다. 나는 청계천 주인 남자가 하듯이 손가락으로 놈의 뱃가죽을 툭툭 건드려보았다. 놈은 이리 씰룩 저리 씰룩 손가락이 가는 대로 뒤집혔다. 숨을 들이켜고 내쉬는 사이가 길었다. 움직이면 사는 거겠지. 나도 아이처럼 놈을 백열등 가까이 대주었다. 벌서듯 위로 뻗치고 있던 팔이 덜덜 떨리는 통에 놈의 꼬리가 내 손목을 스르륵스르륵 스쳤다. 놈의 꼬리는 섬뜩하리만치 차가웠다. 놈은 한참 만에야 다시 고개를 들었지만, 곧 목주름이 쭈글쭈글 잡히며 한쪽으로 쓰러졌다. 나는 발바닥에 밟힌 라면 부스러기를 바짓가랑이에 문질러 대며 개수대를 내려다보았다. 뒤엉켜 있는 주발, 대접, 숟가락, 젓가락, 김치 대가리와 밥알들이 널브러져 있었고, 가스레인지 주위는 찌개 국물이 넘친 얼룩과 라면 수프 가루가 흩어져 있었다. 나는 놈의 사지가 축 늘어져 있는 왼팔을 천천히 내렸다. 종이배 접듯이 홀러덩 뒤집어 봐도 가슴이고 겨드랑이고 들썩거리는 데가 전혀 없었다. 물기가 마른 이구아나의 눈은 구겨진 셀로판지처럼 번들거렸다. 아무리 손바닥으로 눈을 쓸어내려도 눈은 감기지 않았다. 나는 살집을 꼬집듯이 손톱으로 놈의 눈을 꼬집듯이 집어 감겼다. 한쪽을 감기고, 다른 한쪽도 마저 감겼다. 아이는 봉지에 남겨 두었던 사료를 어항에 쏟아부었다. 톱밥도 다 털어 넣었다. 아이는 천천히 나무를 심듯 이구아나를 톱밥 속에 꽂았다. 마름모꼴 대가리만 쏙 내민 이구아나는 어제처럼 잠을 자는 것 같았다. 들여다보지도 않겠지만 아내가 본다 해도 이구아나는 여전히 잠자고 있는 모습일 것이었다. 오랫동안 가래를 끓이다 어느 순간 잠든 것처럼 보였던 할머니의 죽음이 눈앞에 어른댔다.

*

중앙아시아 노천시장에서 만났던 전주 이씨라고 하던 그 할머니도 시베리아 횡단열차를 탔을까. 추방당했던 그곳, 고향 연해주로 돌아갔을까. 중앙아시아에서 비행기에 갇힌 사건은 사건이랄 것도 없이 승무원의 안내 방송대로 안개 때문인 걸로 싱겁게 끝나고 말았다. 나는 맥이 풀렸다고 해야 할지, 어떻다고 해야 할지 어정쩡한 기분으로 공연단의 뒤꽁무니를 좇아다니기에 바빴다. 정작 내가 알아볼 시장은 둘러보지도 못한 처지라 가슴이 답답했다. 여기까지 와서 술 한잔도 제대로 못 하고 맹숭맹숭하게 돌아다니자니 미치겠군. 황 선생도 나처럼 빡빡한 일정 때문에 떠나오기 전 머릿속에 그렸던 일들이 엉망이 되어 버린 것 같았다. 마지막날 황 선생과 나는 시장을 둘러보겠다고 가까스로 공연단 일정에서 빠져나왔다. 황 선생은 시장에 들어서자마자 무조건 '카레이스키'만 계속 물어 보고 다녔다. 나는 엉거주춤 그가 앞서가는 대로 따라다녔다. 고려인들은 대부분 반찬가게를 하고 있었다. 노천시장이지만 한복판에 유일하게 지붕을 얹은 가게 자리였다.

"안녕하세요. 저희 한국에서 왔어요."

"아, 어서 오시기요. 고려사람이요? 내는 전주 이씨인데 성씨가 어찌 됩니까?"

"저는 황씨입니다."

능숙하게 우리말을 하는 그 고려인 할머니 얼굴을 보자 나는 가슴이 철렁 내려앉았다. 저 얼굴은… 어디서 본 얼굴이더라…. 그 생각과 동시에 나는 돌아가신 할머니 얼굴과 너무 닮은 데에 놀랐다. 그래서일까. 나는 그녀와 단 오 분도 같이 있질 못했다. 사진 한 장도 나란히 찍을 수가 없었다. '한국인의 얼굴'을 주제로 사진을 찍고 있는 황 선생이 그녀를 향해 수십 방 셔터를 눌러 댔을 뿐이었다. 나는 사진을 보지 않고도 시장 바닥의 고려 여자를 그려낼 수 있다. 눈꼬리부터 광대뼈가 불거진 볼을 타고 흘러내린 몇 겹의 주름살, 얼핏 붕대를 감지 않았나 싶게 흰 볼끼로 얼굴을 싸매 눈, 코, 입만 내놓은 얼굴, 볼끼 위에 털모자를 내려쓰고, 몸이 뒤뚱거릴 만큼 셀 수 없이 껴입은 옷, 흰 앞치마, 손등이 소복하도록 벌겋게 부어오른 두 손, 몸뻬 위로 양말에, 버선에, 털실로 짠 덧버선. 새끼줄로 칭칭 감은 털신을 신겨 놓으면 그녀는 어느 해 겨울 얼음판에서 장사를 마치고 뒷박 쌀을 팔아 돌아오던 할머니, 내 할머니의 모습이었다. 성씨를 묻고, 고향을 묻고, 나이를 묻고, 황 선생은 서울, 아리랑, 황해도, 금강산 같은 말을 했다. 나는 그때 눈뜬장님이었던 게 아닌가 한다. 예전에 이주 명령장을 받은 할머니가 추위에 발을 절며 중앙아시아까지 와서 지금 내 앞에 있다는 착각에 나는 몸이 오그려 붙을 지경이었다. 따지고 보면 어림없는 노릇이었다. 아니, 따지고 뭐고도 없었다. 할머니는 오래전에 세상을 떠났다. 그러나, 그러나, 그러나, 내가 본 사람은 반찬을 파는 '고려인' 할머니가 아니라 창경궁 연못 스케이트장에서 떡볶이와 어묵을 팔던 할머니였다. 그 무렵 동물원이었던 창경궁의 연못은 할머니가 꿈에도 가본 일 없는 시베리아 벌판이었다. 스케이트 날에 갈린 얼음 톱밥을 다 쓸어내고 물을 뿌려야 반질거리는 얼음 연못이 만들어졌다. 단돈 50원을 물지 않으려고 할머니는 얼음을 지치던 아이들이 가고 난 뒤 그 넓은 스케이트장을 싸리비로 쓸었다. 구부러진 허리를 펴지도 못한 할머니 손에는 다음날 쓸 어묵꼬치와 봉지쌀이 들려 있었다.

*

아이는 엎딘 채 나무처럼 심어 놓은 이구아나를 들여다보다가 톱밥을 이구아나의 머리 위에 뿌려 주고 있었다. 이구아나와 중앙아시아의 고려인과 할머니가 남긴 이주 명령장은 무엇을 푸는 열쇠고리인가. 열대지방에서 팔려와 추위에 죽은 이구아나와 그 옛날 돌소금만 서걱거리는 황무지에 어쩔 수 없이 그저 구덩이를 파고 들어앉아 아무런 대책 없이 얼어죽은 고려인들과 60년 뒤에 또다시 시베리아 횡단열차를 타고 추방당해 쫓겨간 연해주로 가는 고려인들이 하나의 고리로 연결되어 떠오르면서 뭐가 뭔지 혼란스러웠다. 나는 이제 그만 이구아나를 치워야겠다고 생각하며 어항 속에 손을 집어넣었다. 이구아나를 잡는 손이 저릿했다. 선배로부터 중앙아시아에 다녀오지 않겠느

나는 말을 처음 들었을 때처럼 전율이 가슴을 치고 지나갔다. '유민사 벽화'에 그려진 눈도 코도 입도 사라진 얼굴들이 내지르는 외마디 소리, 그들의 가슴마다 비집고 들어섰던 촛불이 봉홧불처럼 내 눈앞에 떠오르는 것이었다.

나는 가슴이 꽉 막혀 왔다. 그러나 답답한 막힘이 아니었다. 뭔가 이제까지와는 다른 어떤 힘이 내 몸속에 솟구치는 것을 느낄 수 있었다. 내게 되살아난 할머니의 모습 때문인지도 몰랐다. 뿌리를 뽑히고도 절대 포기하지 않는 힘이 내게도 전이된 느낌이었다. 그것은 내가 중앙아시아에 가기 전 지구본을 돌려 가며 톈산 산맥, 키르기스 초원, 몽골 고원, 파미르 고원, 티베트 고원을 차례로 짚어 가며 꿈꾸었던 새로운 삶이 비로소 뿌리를 박고 한 그루 나무로 서게 되었다는 느낌이기도 했다. 그 나무는 곤고한 삶의 뿌리를 대지에 깊게 박고 내일을 향해 튼실하게 팔을 벌리고 서는 나무였다.

나는 무료하면 오르곤 했던 뒷산의 나무들을 바라보았다. 그리고 그 산의 이름이 봉화산이라는 것을 새삼스레 기억해 냈다. 봉화산. 옛날에 위급하면 봉홧불을 올리던 산. 죽은 이구아나를 흰 종이에 싸들고 밖으로 나섰다. 아이도 아무 말 없이 따라나섰다. 산에 올라 큰 나무 옆, 볕이 잘 드는 양지에서 나는 걸음을 멈췄다. 아이가 꽃삽으로 언 땅을 파기 시작했다. 언 땅은 좀처럼 파지지 않았다.

"너 알겠니, 이 산은 옛날에 전쟁이 나면 횃불을 밝혔던 산이야. 그래서 봉홧둑이 있고 이름이 봉화산인 거야. 봉화산."

나는 봉화산에 힘을 주어 말하고 나서, 어젯밤 꿈에 이구아나가 붉은 아가리에서 불을 뿜으며 하늘로 올라가더라고 말해 주었다.

"꼭 봉황불을 올리는 것처럼 말야."

아이는 이구아나의 죽음에만 생각이 쏠린 듯 아무 대꾸가 없었다. 나무 아래 쭈그려 앉은 아이는 중앙아시아의 우리 사람들이 그랬듯, 짓찧듯이 언 땅을 파고 있었다. 언 땅에 뿌리를 깊게 박은 나무가 튼실하게 자라 온 하늘에 팔을 벌리고 서는 풍경이 망막에 어렸다.

바람과 함께
사라지다

우리는 어디에서 와서 어디로 가지요?

사람들은 그에게 묻듯이 이름으로만 남은 그의 곁에 빙 둘러섰다. 하지만 그 역시 이 물음에는 아무런 답을 할 수 없었다. 삶의 무게를 느낄 수 없는 그는 촛불이 바람에 흔들리며 쓰러졌다가 다시 일어서는 모양을 그저 덤덤히 지켜볼 뿐이었다.

스님이 그의 이름을 불렀다. 그는 가볍게 일어나 촛불 앞에 섰다. 그의 옆에 섰던 사람들이 숨죽여 흐느끼기 시작했다. 그는 스님의 요령 소리를 따라 귀를 크게 열어 보려고 애를 썼다. 요령 소리는 장단을 맞추듯 끊겼다 이어지고 이어지다가 끊기기를 반복했다. 마치 예전에 그가 즐겨 부르던 노랫소리처럼 들렸다. 아니, 그의 귀에 들리는 건 분명 노랫소리였다.

타향살이 몇 해던가 ~~ 부평 같은 내 신세가 혼자도 기막혀서 ~~.

스님의 요령 소리를 따라 절 마당으로 나온 그는 하늘을 올려다보았다. 어디로 향하는지 새들이 줄지어 마당을 가로지르며 법당 뒷산을 넘어갔다. 그는 초파일 때마다 그녀의 이름을 적어 등을 달았던 단풍나무 아래로 갔다. 그녀가 생전처럼 그의 앞에 서서 웃고 있었다. 꽃처럼 물들었던 단풍도 어느새 낙엽 지고 빈 가지만 남아 있었다. 이제 생각하니, 그가 살았던 고단한 한세상도 단풍나무가 서 있는 정겨운 마을 풍경에 지나지 않았다.

그는 오랜만에 사람들을 향해 웃었다. 그리고 그의 이름과 함께 활활 타오르는 향로 속으로 들어갔다.

*

나는 서둘러 작업실을 빠져나왔다. 신촌 봉원사를 가보면 뭔가 건질 게 있지 않나 해서 둘러볼까 하다가 그만두었다. 영산재는 이미 비디오테이프로 수없이 보았던 것만으로도 충분하다는 생각이었다. 곧바로 조계사 근처에 있는 성수 사무실로 향했다. 사무실 문을 열자 퀴퀴한 물걸레 냄새가 떠돌았다. 한옥을 개조한 사무실은 책상 두어 개 놓은 것말고는 창고나 다름없었다. 햇수가 지난 재고 달력 더미 사이로 성수가 얼굴을 내밀었다.

"야, 너 언제 떴냐? 이번엔 어느 바다였어?"

사무실에 들어서자마자 예상했던 대로 내가 아무 소리 없이 연락을 끊은 것에 대한 책망부터 돌아왔다. 연락도 없이 쥐도 새도 모르게 사라졌다가 잠수정처럼 언제 물 위로 떠올랐냐는 뜻이었다.

"너 이제 머리만 깎으면 되겠네."

나는 멋쩍게 웃으며 승복 같은 잿빛 개량 한복을 입은 성수에게 말머리를 돌렸다.

"중이 뭐 심심풀이 땅콩이냐. 너야말로 그만 돌아치고 이제 머리 깎을 때 되지 않았어? 실없는 소리 말구, 너 폰 아직도 안 샀냐. 요즘 핸드폰은 바다 밑에서도 터진다더라."

"바다 밑이 아니라 얼음…."

나는 뒷말을 삼킨 채 입을 꾹 다물었다. 바다 밑이 아니라 이번엔 산꼭대기 얼음 구뎅이다, 인마, 하고 농담조로 얼버무리려던 것이었다. 무의식적으로 튀어나온 '얼음 구뎅이'는 곧바로 신문에서 본 그 아이 미라를 떠올린 것이지만 순간, 나는 당혹스럽기 짝이 없었다. 작업실에서는 영산재 때문에 영가니 천도니 사십구재니 극락왕생이니 하는 말에 취해서 그러려니 했는데, 그게 아닌 것 같았다. 뭔가 그 아이 미라가 머릿속에 새겨질 정도로 집요하게 달라붙는 느낌이 들었다. 게다가 내가 죽은 것처럼 불 속에 앉아 있던 모습을 또 다른 내가 바라보고 있었던 그때 일이 떠올랐다. 그 일이 결코 우연히 일어난 것 같지 않았다. 뭔가 이상한 기운 속에 내가 빨려들어 가고 있다는 느낌을 떨쳐 버릴 수 없었다. 나는 손으로 몸을 더듬었다. 틀림없이 몸이 만져졌다.

점심이나 같이하자는 성수와 헤어져 나는 곧바로 신촌 봉원사를 찾았다. 느낌이라는 게 이상해서 한번 그렇다고 의심이 가자, 모든 게 그 일과 연관돼서 일어나는 것처럼 보였다. 나는 누군가에게 등을 떠밀리

듯 정신없이 봉원사 입구에 다다라 있었다. 시련侍輦할 터에서 시작되는 절 바깥 행사는 이미 끝났는지 일주문 밖은 한가했다. 사찰 전통 음식이며, 홍화씨로 짠 기름이며, 회색 일색인 옷가지를 바닥에 펼쳐놓고 파는 좌판 장사꾼들이 보살님, 보살님, 하면서 지나가는 사람들을 부르고 있었다. 사람들은 건성으로 좌판을 기웃거리다 지나칠 뿐이었다.

쾡쾡 쾡쾡 쾌갱갱, 쾡쾡 쾡쾡 쾌갱쾡….

일주문을 지나자 절 바깥에서는 전혀 들리지 않던 태징 소리가 들려왔다. 태징 소리가 가슴에서 울려 나오듯 쿵쿵거렸다. 대웅전 앞뜰에는 갖가지 번幡이며 오색 만다라 깃발이 까마득한 하늘에 묻혔다가 터지는 폭죽처럼 나부꼈다. 갑자기 전혀 딴 세상에 온 듯한 기분에 휩싸였다. 이미 괘불이 세워지고 괘불을 걸어 둔 아래쪽 이층 단에 제설 공양물이 높다랗게 차려져 있었다. 종이로 만든 모란꽃을 부챗살처럼 퍼지도록 꽃꽂이를 해 세우고, 화환 위로 청·황·적·백·흑 오색천을 높은 줄에 매달아 주렴처럼 길게 늘어뜨려 놓았다. 나는 사람들이 빙 둘러 서 있는 법석 터로 다가갔다. 구경하는 사람들은 대부분 사진 촬영을 하거나 영상을 찍으려는 사람들이었다. 붉은 가사를 두른 이십여 명의 스님들이 보자기에 싼 그릇을 앞에 놓고 둘러앉아 있었다. 목어와 법고를 치고, 두 스님이 나와 긴 판자를 빙글빙글 돌리며 법석을 돌았다.

"신도님들은 조금 시장하시더라도 이 식당작법食堂作法이 끝날 때까지 지켜봐 주시기 바랍니다. 스님들이 공양을 다 드시고 일어서는 것까지가 공양 의식입니다. 식당작법이 끝나면 절에서 마련한 대중 공양이 있으니 끝까지 함께하셨다가 공양을 드시기 바랍니다."

스님 한 분이 일어나서 안내 방송을 했지만 모여드는 사람들은 별로 없었다. 범패를 배우는 학생 스님들이 스피커 앞에 휴대용 녹음기를 받쳐들고 있었고, 관광객인 듯한 외국인 몇몇이 옹기종기 모여 있었다. 나는 일산이 세워져 있는 탁자 뒤로 가서 의자에 앉았다. 날이 흐려 일산은 그늘을 위해 세워진 게 아니라 비나 눈을 대비해서 펴 놓은 것처럼 보였다. 낮은 하늘이 머리 위까지 내려와 있는 듯 갑갑했다. 카메라부대들이 앞을 가로막고 있어 뭐가 어떻게 돌아가는지 알 수 없어 더 갑갑했다. 가끔 화환에 꽂은 것과 같은 종이 모란꽃을 든 스님들이 일어나 범패를 하고 다시 자리에 앉곤 했다. 그 사이 밥을 나르고, 국을 나르고, 바라지 스님들이 바삐 움직이는 게 보였다. 나는 그 스님들의 움직임을 나도 모르게 초조하게 바라보고 있었다. 어쩌면 당장 내일부터라도 내가 살아야 할 모습일지도 몰랐다. 그런 내 모습을 떠올리는 게 씁쓸했다. 식당작법은 보통 절에서 하는 바루 공양인데, 범패며 타주 춤이며 의식이 훨씬 까다롭게 진행되었다. 옛날부터 스님들이 집집이 돌며 탁발해서 먹는 모습을 의식화한 것이라는 설명이 이어졌다.

"밥 한 끼 먹기 우라지게 힘들구만."

"그러니까 밥 먹는 것도 도 닦는다는 거 아뇨."

카메라 렌즈에서 눈을 떼고 돌아서며 젊은 남자가 작은 소리로 투덜대듯 내뱉자, 곁에 섰던 중노인이 거들고 나섰다. 남자는 삼각 다리에 카메라를 걸고 뒤로 빠져나갔다. 우중충한 하늘은 점점 회갈빛으로 내려앉고 있었다. 흙먼지 바람까지 불어 행사장 지화들이 떨어져 내릴 것처럼 덜렁거렸고, 받침대가 허술한 일산도 내 앞으로 쓰러질 듯 불안하게 삐걱거렸다. 나는 자리에서 일어나 일산대를 잡고 탁자에 기대섰다. 알 수 없는 일이었다. 다만 앉았다 섰을 뿐인데 행사장의 법석 터는 하늘과 땅만큼 달라 보였다. 흙먼지가 이는 땅바닥에 앉아 밥을 드는 스님들의 의식은 경건하게 진행되었다. 만다라 깃발이며 법석 터 주위에 달아 놓은 장엄물이 스님들 머리 위로 하늘하늘 나부꼈다. 커다란 괘불 아래 홍가사를 두른 스님들이 둘러앉아… 노래를 부르고… 북을 치고… 춤을 추고… 밥을 먹고…. 그 광경은 몇천 년 전 영취산에서 부처님 설법을 듣고 깨달음을 얻은 환희심을 드러내는 의식이라고 했다. 나는 알 수 없는 설렘이 일었다. 절에 들어서며 태징 소리를 들었을 때처럼 가슴이 쿵쿵 뛰었다.

그녀의 모습이 눈에 띈 것은, 아니 그녀가 나타난 것은 바로 그때였다. 분명 그녀는 내 앞에 '나타났다'고 해야 한다. 괘불 뒤쪽으로 위패를 모신 영단 앞에서 서성거리는 여자의 뒷모습에 나도 모르게 눈이 붙박이고 말았다. 그녀였다. 뒷모습이지만 나는 단박에 그녀를 알아보았다. 나는 조금의 의심도 일지 않았다. 그녀가 틀림없었다. 연회색 반소매 티셔츠에 회색 면바지를 입고 카메라 가방을 메고 있었다. 그녀가 전문적인 카메라 가방을 메고 있다는 그것과 예전보다 좀 노숙해졌다는 것이 낯설 뿐, 삼 년 전, 그때, 그녀였다. 산속으로 들어가 함께 살자고 했던 여자. 아니, 빈번한 내 잠수병에 지쳐 있는 그녀 곁을 내가 먼저 떠났던 여자. 내가 그녀 곁을 먼저 떠났다는 것은 스스로 위로하는 변명일 뿐 실은 그녀나 나나 사는 것 자체에 지쳤다는 것에 합의를 본 것뿐이었다.

홀연, 내 앞에 나타난 그녀의 모습에 나는 갑자기 아득해지는 느낌이었다. 일부러 법석 터를 멀리 돌아갔지만 나는 어느새 그녀에게 다가가고 있었다. 스스로 마음을 가라앉히라고 채근하기도 전이었다. 미숙아, 하고 나는 옛날처럼 이름을 부르며 그녀의 등뒤에 섰다. 떨리는 손을 간신히 앞으로 끌어내듯이 그녀의 어깨에 손을 가져갔다. 그녀가 뒤를 돌아다보았다. 이 여자가 그 여자? 십 년이라는 시간을 전혀 다른 세상에서 보내고 마치 예전 여느 순간처럼 내 앞에 서 있다는 사실을 어떻게 받아들여야 할까. 나는 어리뻘뻘한 표정으로 내밀었던 손을 거두지도 못하고 있었다.

"어떻게 된 거야?"

그러나 내 말은 호적 소리에 묻혀 들리지 않았다. 영산재는 오후 본행사로 들어가고 있었다. 범패 소리에, 호적 소리에, 삼현육각 장단에, 그야말로 야단법석이었다. 그녀는 입에 손을 오므리며 큰 소리로 말했다.

"아, 지금 오셨어요? 저도 조금 전에 왔거든요. 밥 먹는 건 지난번에도 찍었으니까 오늘 몇 컷 찍은 거하고 쓰면 될 것 같구요. 아, 그런데 서축암에 내려가려면 지금 가도 바쁠 것 같은데요."

그녀가 무슨 변명 하듯이 말하는 것은 차치하고라도, 그녀의 어투도 내용도 행동거지도 삼 년 만에 만난 사람이 아니었다. 그녀는 분명 지난번이라고 말하고 있지 않은가 말이다.

지난번? 지난번이라니? 언제? 삼 년 전 지난번? 나는 그야말로 머릿속이 하얘졌다. 그녀가 내 앞에 서 있다는 사실도 믿기 어려운데 하물며 삼 년의 공백이 없었던 것처럼 그녀가 지난번이라고 하는 말은 도무지 이해는커녕 오해도 할 수 없는 말이었다. 지금 나에게 무슨 일이 일어난 걸까. 그렇지 않고서야 급속 냉동되었다가 파르르 풀려난 생선처럼 그녀가 '지난번'이니 '서축암'이니 운운하며 예전부터 줄곧 그래왔던 것처럼 허물없게 굴 수 있단 말인가. 내가 대답을 찾는 동안 그녀는 단풍나무 뒤쪽에 있는 화단을 가리키며 앞서서 걸음을 옮겼다. 너무 시끄러우니 자리를 옮기자는 뜻인 것 같았다. 그녀는 화단을 돌아 지하 찻집에 들어갔다. 찻집은 사람도 없고 조용했다. 나는 얼떨한 긴장감을 떨치지 못해 씰룩거리는 눈꺼풀을 자꾸 눌러 줘야 했다.

"어떻게 된 거야?"

"별일 아녜요. 애들 때문에 늦었어요."

그녀는 시큰둥하게 대답을 하곤 서류 봉투에서 《영산재 선암 스님 사진집》을 꺼냈다. 식은땀이 났다. 내가 맞닥뜨린 상황이 전혀 읽히지 않는 것에 대한 두려움보다, 뭔가 내 앞에서 알 수 없는 사태가 확연하게 까발려질지도 모른다는 두려움에 나는 입을 다물었다. 나는 얼음이 절반인 콜라를 단숨에 들이켰다. 따지지 말자. 귀신이라면 이미 죽은 몸일 것이고, 꿈이라면 깨어나겠지. 그녀에게 아무것도 묻지 말자. 지금 내가 인식하고 있는 것이 전부라고 믿자. 나로서는 부담되는 일은 일단 피하고 보자는 잠수병 기질이 이렇게 나를 구제하는구나, 생각이 들었다. 꿈은 아니다. 사람들이 조그맣게 웃고 떠드는 소리도 확실하게 귀에 들어오지 않는가.

나는 얼음 조각을 이빨로 깨물어 씹었다. 이가 시리고, 눈에 얼음 알갱이가 박힌 듯한 통증이 왔다. 눈꺼풀을 지그시 눌러 통증이 가라앉기를 기다리며 가만히 어둠을 들여다보고 있었다. 낯익은 어둠 속에 아이 미라가 여전히 태아처럼 웅크리고 앉아 있었다. 나는 고개를 흔들어 얼른 생각을 지우고 그녀가 머리를 숙이고 사진집을 골똘하게 보고 있는 모습에 시선을 꽂았다.

이 여자가 과연 그녀일까. 산 아래를 개간한 넓은 채소밭에서 감자를 캐며 감격하고, 낮달맞이꽃 이름에 밤해바라기꽃 이름도 있느냐고 진지하게 묻던 그녀일까. 말머리에 늘 아, 자를 붙여 말하던 그녀일까. 아, 그랬어요. 죽으려고 했는데 어떻게 죽어야 하는지 아무것도 생각나지 않는 거예요. 아, 그래서 그냥 무작정 굶었어요. 약을 사 모으거나 차에 뛰어들거나 옥상에서 떨어지거나 뭐, 방법이 여러 가지 있었을 텐데 하필 굶어 죽겠다는 생각밖에 못 했는지. 아, 지금 생각해도 너무 바보 같아요. 아, 그때 제가 아주 고지식한 사람이라는 걸 알았죠. 고지식한 사람은 자살도 할 수 없던걸요. 결코 환영을 보는 게 아니라는 걸 알면서도 그녀와 앉아 있는 내 모습이 너무도 낯설고 또한 너무도 익숙해서 나는 종잡을 수 없는 심정이 되었다.

*

"아, 영취라는 게 독수리 혼령이에요?"

그녀는 서축암이 있는 영취산 바윗골 사진을 짚으며 내 설명을 되짚어 물었다. 믿을 수 없는 일이지만 나 역시 순간적으로 예전의 나로 뒤바뀐 느낌이 들었다. 그녀와 전혀 다른 세상에 살았던 삼 년이라는 시간이 사라진 것이었다. 그녀에게 영산회상이 어떻고 범패가 어떻고 천도가 어떻고 설명하는 내 모습이 너무도 자연스러웠다.

"부처님 제자 중에 가섭존자? 알지? 이심전심이라는 거. 부처님이 연꽃을 들었더니 가섭존자만이 빙그레 웃었다는 거. 염화미소라는 말 들어 봤지?"

염화미소라는 말은 알겠다는 듯 그녀는 살짝 웃어 보였다. 그 웃음이 조금은 나를 안심시켰다. 범패와 작법은 중국 천태산 계곡에 사는 물고기 떼가 노는 모양을 본떠서 노래와 춤을 만든 거라는 설도 있다. 어장魚丈, 어산魚山이라는 말도 거기서 나왔다고 나는 덧붙였다. 어발은 '어시발우'를 줄인 말인데 스님들의 밥그릇인 어발은 함부로 들거나 움직이지 않기 때문에 행동이 굼뜨고 융통성이 없는 사람을 '어발이 같다'고 한다는 말에도 그녀는 쿡쿡 웃는 거로 응답을 보였다. 예전의 그녀와 좀 다르게 느끼는 점이 있다면 바로 그런 것이었다. 그녀는 예전보다 훨씬 밝은 모습이었다. 내친김에 나는 사진집을 넘기며 영산재 의식 절차를 설명해 주었다. 사진집에 나와 있는 풀이 글을 요약해서 읽어 주는 정도에 불과한 것인데도 그녀는 수첩을 꺼내 일일이 메모를 했다.

… 인로왕보살을 모시는 것이 시련侍輦이다. 대령對靈. 영가에 음식을 대접하고 부처님 앞에 나갈 채비한다. 관욕灌浴. 부처님 앞에 나가기 전에 영가 몸을 씻긴다. 신중작법神衆作法. 불법을 듣게 될 도량이 청정하도록 절을 수호하는 신중神衆들께 발원한다. 괘불이운掛佛移運. 야외에 단을 마련하고 커다란 탱화를 내거는 것이다. 상단권공上壇勸供. 영산재의 핵심이다. 야외 법석. 영산회상 재현을 의미한다. 식당작법食堂作法. 스님들이 밥을 먹는 시간이다. 축원祝願, 봉송奉送, 소대의식燒臺儀式. 영산재에 동참한 시주자들, 재자에게 축원을 한다. 그리고 초대했던 모든 신중과 영가를 돌려보낸다. 장엄물, 영가 위패 등을 불태우는 것으로 끝난다. 여기에 범패와 나비무, 바라무, 법고무, 타주무 같은 춤이 따른다….

"아, 그동안 혹시 절에 계셨었어요?"

마침내 그녀가 서로 다른 세상에 살았던 시간을 묻고 있었다.

"절엘? 어떻게 된 거야?"

엉겁결에 나는, 어떻게 된 거야? 하고 또 물었다. 사실 나는 그런 말은 묻고 싶지 않았다.

"아, 아뇨, 뭐. 영산재에 대해서 잘 아시는 것 같아서요. 이번엔 영산재 공부하러 절로 가라앉았나 했죠."

그러니까, 그녀는 예전의 어느 때 내가 말없이 사라졌던 것처럼 이번에도 어딘가에 틀어박혔다가 이제 나타났느냐는 말이었다. 그곳이 혹시 절간이 아니었는지 묻고 있다. 삼 년 전의 여느 때처럼. 그녀의 시간은 여전히 삼 년 공백인 상태였다. 다행이라면 다행이었다. 하지만 그것이 정말 다행인지 나로서도 알 수 없는 일이었다.

"아까 애들 때문이라는 말은···."

터무니없는 조바심에 불쑥 튀어나온 말에 나는 말끝을 흐리며 입안에서 우물거리다 말았다. 젠장맞을, 그녀가 애들 때문에요, 라고 말하는 순간에 엉뚱하게 아이 미라가 떠오른 건지 알 수 없는 일이었다. 게다가 아이 미라를 떠올리면 왜 그렇게 아득한 느낌에 사로잡히는 것인지도 모르긴 마찬가지였다. 아이가 죽어서도 영원히 산다고 믿었던 때문일까. 내세로 가는 길에 신발이 닳을까 봐 여분으로 넣어 주었다는 샌들 때문일까. 자라서도 입을 수 있게 품이 넉넉한 외투를 입혀서일까. 아이 미라가 목에 걸고 있던 조개껍질 목걸이, 치차라는 옥수수술, 매듭으로 얽어맨 샌들, 누르스름한 포대 같은 외투를 걸치고 태아처럼 웅크리고 앉은 모습···. 틀림없이 처음 보는 것이었지만 늘 봐왔던 것처럼 친근감이 들었었다. 이런 느낌은 영산재 비디오테이프를 보면서도 똑같이 일어났었다. 이것이 정신의학적으로 본다면 어떤 병적 증세일지도 몰랐다. 그러나 나는 별로 심각하게 여기지 않았다. 어쩌면 나는 오랫동안 사람 몸을 받지 못하고 중음신中陰神으로 떠돌면서 수없이 천도재를 받았던 게 아닐까, 하고 쉽게 생각하고 치워 버렸었다.

＊

"향화게 나간다고 생각해 보세요. 자, 이리루 셋이 서 보세요. 간격을 맞춰서 똑같이. 둘이 마주 섰잖아요. 한 사람은 이리 가고, 그리고 다음 사람은 옆으로 가서 서고, 이렇게."

스님은 학생 비구니 스님 세 분에게 작법을 지도하고 있었다. 영산재 꽃으로 불릴 만큼 화려한 나비춤을 추는 향화게香花偈였다.

"쾡쾡 쾡캥쾡 쾡캥쾡 쾡캥쿵쾅쾡 쾡쾡… 팔 내리고, 천천히 앉고, 엎드리고, 쾡쾡 쾡캥쾡 쾡캥쾡 쾡캥쿵쾅쾡 쾡쾡… 돌면서 펴고, 왼쪽 치고 오른쪽 치고, 발뒤꿈치 올리고, 앉고, 쾡쾡 쾡캥쾡 쾡캥쾡 쾡캥쿵 쾅쾡 쾡쾡…. 에아-어-어-어- 그대로 내리세요, 쾡, 찍고, 손바닥 찍으면서 으어-아-아- 내리이셔어야죠오. 아- 에- 으아 쾡, 아으- 펴고 돌아가세에요."

스님은 법당을 왔다 갔다 하며 직접 팔을 들어올려 나비가 날개를 치고 날아가는 듯, 꽃잎이 하늘하늘 떨어져 내리는 듯, 천천히 뒤로 넘어가는 자세를 취해 보였다. 그녀는 지금 무슨 생각을 하고 있을까. 나는 법당 한구석에 멀찌감치 서서 그녀를 바라보았다. 그녀는 카메라를 안경에 바짝 붙이고 셔터 누르기에 여념이 없었다. 스님이 강의하는 장면은 화보집에 그다지 필요치도 않은 사진이었다. 책 뒷부분 스님 행장기에 한 컷이나 쓸 수 있을까, 하는 정도였다.

그러나 나는 저지하지도 않았고 저지하고 싶지도 않았다. 쪼그리고 앉았다가, 까치발로 섰다가, 의자 위에 올라갔다가, 다리를 벌리고 엉덩이를 뒤로 쭉 뺐다가, 카메라를 세웠다가, 젖혔다가, 망원렌즈를 끼웠다가, 표준렌즈로 바꿨다가, 노출을 쟀다가… 삼각 다리를 들고 이리저리 부산하게 움직이는 그녀를 보면서, 나는 연신 손을 비비고 손목을 꺾으며 내 몸을 이곳저곳 쓰다듬으며 분명 꿈은 아니라고 암시

아닌 암시를 주었다. 그녀도 나도 결코 깨닫지 못할 만큼 깊은 인연이 그녀와 나를 묶어 주고 있었다.

어느 때인가 꼭 이렇게 천장에 연등을 매달아 놓은 법당 한구석에 서서 목탁 치는 소리를 들었고, 요령 흔드는 소리를 들었고, 염불 소리를 들었고, 태징 소리를 들었었다. 제사상에서 나온 뻘건 옥춘사탕을 빨며 웅크리고 앉아 끈적거리는 손을 무릎에 문지르는 아이. 나는 한참 동안 눈을 껌벅거렸다. 그녀가 나를 향해 손짓을 해 보였다. 양손을 바깥으로 내치며 흔들었다. 법당 가운데 문을 열어 달라는 뜻이었다. 연습하던 스님들은 신중탱화 옆에 비켜서 있다가 한 스님이 나와 촛불에 불을 켜고 향을 올렸다. 나는 법당 밖으로 나가서 가운데 문을 활짝 열어젖혔다. 그녀는 카메라에 오토드라이버를 달고 스님에게 바짝 다가섰다. 아마도 그녀가 범패 소리를 사진으로 보여주겠다던 촬영을 시도하는 것 같았다. 다시 나에게 손짓 신호가 왔다. 법당 문을 한쪽만 닫아 달라는 것이었다. 나는 문을 닫아 주고 법당 마당 난간에 기대섰다. 산 아래가 한눈에 들어왔다. 큰길의 빌딩들이 멀리 흐릿하게 내려다보였다.

"선재야, 거북이 내놔."

"없어. 나 안 가졌어."

"그럼. 거북이가 어디 갔어. 어제도 네가 주머니에 넣고 다녔잖아."

"없어. 나 아냐."

투다닥. 층계를 뛰어 올라오는 소리가 들렸다. 웬 애들일까 하고 법당 측문 쪽의 층계를 살피던 나는 얼이 빠진 듯 꼼짝할 수가 없었다.

그러나 얼이 빠진 건 잠깐이었다. 가슴에서 뭐가 툭 떨어지는 것 같았다. 이럴 때 내 눈을 의심한다고 하는 말처럼 적당한 말은 없을 것이다. 사람은 자기 생각을 보고 사는 것이라는 말을 어디선가 들었다. 까만 단발머리에 몸집보다 머리통이 훨씬 커 보이는 대여섯 살 먹은 계집아이가 내 바짓자락을 붙들며 뒤로 숨었다. 계집아이는 넓적한 얼굴에 볼이 튼 것처럼 발그레했다. 주홍색 털실로 짠 옷을 입고 목에 색종이로 엉성하게 만든 목걸이를 걸고 있었다. 신문에서 본 그 아이 미라와 너무 닮았다. 눈에 콩깍지가 아니라 미라 깍지가 씌워도 단단히 씌웠다 싶었다. 뒤쫓아온 아이는 그 아이보다 서너 살 더 먹어 보이는 여자애였다. 안경을 끼고 왜소한 얼굴에 조막손이었다. 언니처럼 보이는 그 아이는 조막손으로 주먹을 쥐어 보이곤 이내 층계를 내려갔다.

"선재야―"

스님이 제 이름을 부르는 소리가 꾸지람이라는 걸 눈치챈 아이는 재빨리 층계 아래로 뛰었다. 카메라 가방을 챙기느라 법당에서 맨 나중에 나온 그녀에게서 나는 카메라 가방과 삼각 다리를 받아들었다. 그녀가 문턱에 걸터앉아 운동화 끈을 묶고 일어서는 것과 거의 동시였다.

쾅―더웅― 쾅― 더웅― 쾅― 더웅―

저녁 예불 종소리였다. 범종루에서 조금 전 선재라는 아이를 뒤쫓아왔던 조막손 여자아이가 당목撞木 줄을 양손으로 그네 타듯 잡고 서 있었다. 아이는 종소리가 잦아지기를 기다렸다. 종소리의 마지막 여음을 밟으면서 당목을 뒤로 힘껏 당겼다가 종의 멧부리를 향해 줄을 놓았다. 종을 치고 돌아온 당목 줄을 양손으로 잡고 아이는 다시 종소리가 잦아지기를 기다렸다. 기다리는 동안 아이는 산 아래 어딘가를 물끄러미 바라보고 있었다. 산 아랫마을에 불빛이 번지고 있었다.

＊

태징을 몰아 때리는 소리, 내달리듯 울리는 북소리, 호적 소리를 휘몰며 긴 행렬이 소대燒臺로 내려와 섰다.

"이제 모든 것은 불에 타서 제자리로 돌아갈 것입니다."

촛불을 든 스님이 소대 주위에 빙 둘러서 있는 사람들을 향해 말을 하고 난 뒤, 사방을 돌며 재에 썼던 청사초롱, 금전, 은전, 팔부금강신장번, 만다라기가 수북이 쌓여 있는 장엄물에 불을 놓았다. 행렬을 따르던 사람들은 너나 할 것 없이 손에 들고 있던 종이 모란꽃을 불에 던졌다. 마지막으로 그의 위패가 불 속으로 들어갔다. 한순간 커다란 꽃잎이 확 벌어지듯 불길이 솟구쳤다. 합장한 사람들이 나무아미타불을 읊조리고 몇몇은 땅바닥에 엎드려 절을 했다. 불길이 바람을 타며 검은 재들이 눈앞을 가리고 들었다. 나는 선방 앞 단풍나무 아래로 물러나와 한 점, 한 점, 허공으로 사라지는 검불을 눈으로 좇고 있었다.

"아, 눈이다!"

누군가의 탄성이 침울한 분위기를 깨트렸다. 흐린 하늘에 맴도는 검은 재들과 뒤엉켜 눈발이 꽃잎처럼 흩날리고 있었다. 때아닌 진눈깨비였다. 진눈깨비는 눈인지 비인지 땅에 내려앉을 사이도 없이 녹아버렸다. 나도 언젠가는 이렇게 눈인지 비인지 모를 한 생애를 살다 가겠지. 나는 눈발 끝을 따라 고개를 젖히고 하늘을 올려다보았다. 눈을 감고 입을 헤벌리고 진눈깨비를 받았다. 차가웠다. 차갑다는 낯설고도 익숙한 느낌은 뭘까. 염불 소리가 잦아드는가 싶더니 물속에 잠긴 것처럼 귀가 먹먹해졌다. 퍼뜩 유체이탈이라는 말도 떠올랐다. 하지만 잠깐 딴생각에 빠졌던 것처럼 나는 아무 탈 없이 단풍나무 아래 서 있었다.

나무 허공장보살. 나무 허공장보살.

스님의 독경이 끝났다. 재를 위해 모였던 사람들은 촛대를 법당으로 옮기고 뒤에 남았던 사람들마저 떡과 과일 쟁반을 들고 공양전으로 내려갔다.

바람처럼 왔던 그가 바람과 함께 사라졌다.